잊혀진 시인,
김병호(金炳昊)의 시와 시세계

박경수 편저

국립중앙도서관 출판시도서목록(CIP)

잊혀진 시인, 김병호의 시와 시세계 / 박경수 저. -- 서울: 새미, 2004
　　p. ;　　cm

ISBN 89-5628-107-6 93810

811.6-KDC4
895.713-DDC21　　　　　　　　　　CIP2004000806

잇혀진 시인,

김병호(金炳昊)의 시와 시세계

박경수 편저

국학자료원

◀ 김병호의 젊은 시절 모습
(1930. 8)

▲ 신소년사에서 개최한「여름방학지상좌담회」참석자 사진(1930. 8).
뒷줄 왼쪽부터 이구월(李久月), 손풍산(孫楓山), 늘샘(卓相銖), 양우정(梁雨庭),
이주홍(李周洪), 엄흥섭(嚴興燮), 앞줄 왼쪽부터 신고송(申孤頌), 김병호(金炳昊)

◀ 김병호의 묘(부산 전포동
황령산 시립공원묘지에 있음)

▲ 프롤레타리아동요집 『불별』
(중앙인서관. 1931. 3)의 표지

▲ 『불별』에 게재된 김병호의 동시

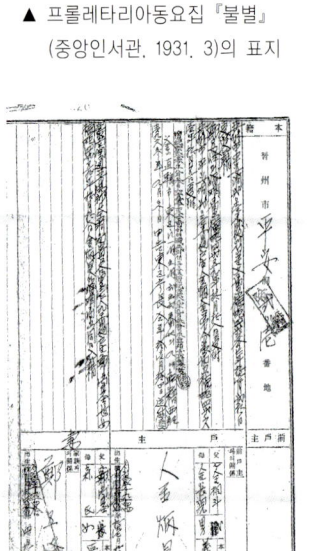

▲ 김병호의 제적부

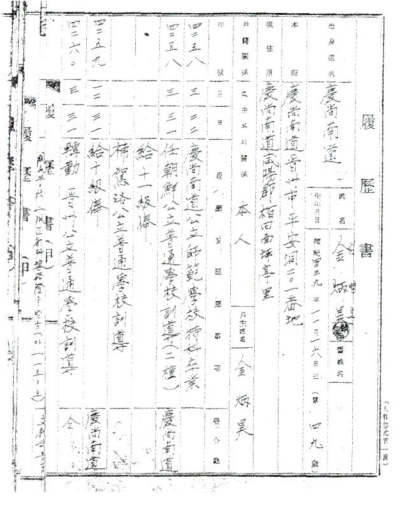

▲ 김병호의 자필 이력서

책을 엮으며

필자가 김병호(金炳昊)란 시인의 이름을 처음으로 인상 깊게 만나게 된 때가 1996년 9월 경이다. 당시 필자를 포함한 4명의 연구자가 일제 강점기 재일 한국인의 문학에 관한 연구과제를 한국학술진흥재단의 연구비 지원을 받아 수행하고 있었는데, 이 과제의 수행을 위해 일본 동경에 들러 재일 한국인이 일본에서 일본어로 쓴 작품들을 조사, 수집했다. 이 때 필자의 눈길을 강하게 끈 작품이 바로 <나는 조선인이다(おりゃあ朝鮮人だ)>라는 시작품이었다. 비록 일본에서 일본어로 발표된 작품이지만, 일본을 적국(敵國)으로 분명히 표시하면서, 일제에 의해 민족 경제가 파멸되어 가는 과정과 많은 농민들이 값싼 노동자로 전락하여 일본 탄광 등지로 내몰리는 참담한 상황을 매우 리얼하게 묘사하고 있었다. 일제 강점기에 국내외에서 발표된 일어시 작품들 중에서 보기 드물게 민족적 정체성을 뚜렷이 드러내는 작품이었다.

여기서 김병호란 도대체 어떤 인물일까라는 의문이 생기면서 자연스럽게 그의 문학작품들을 찾는 작업에 몰두하게 되었다. 이 이후 여러 차례 일본을 방문하여 그의 다른 일어시 작품들을 찾게 되었고, 다른 한편 국내의 문단에 발표한 작품들을 찾기 위해 계속 자료를 뒤지고 수소문하는 일을 벌리게 되었다. 무릇 병과 글은 소문을 낼수록 좋은 처방을 구할 수 있다고 했듯이, 동명이인이었던 김병호의 시집 『황야에 규환』을 입수하게 되고, 이어서 설창수 시인의 회고문을 통해 그가 경남 일대에서 여러 초등학교를 전전하며 교직생활을 한 사실도 알았다. 그리고 그의 이력서도 구했다. 이런 일련의 과정에 박태일 교수(경남대)와 이순욱

학형(한국해양대 강사)의 도움이 매우 컸다. 이 자리를 빌어 당시의 고마웠던 마음을 기록으로 남기고 싶다.

그러나 이 단계에서도 김병호의 생애나 문학에 관해서 파악한 내용은 만족스러운 것이 못되었다. 그의 후손을 만나서 시인의 생애와 문학에 관한 저간의 일들을 알아보고 싶었고, 가족관계 등을 파악할 수 있는 제적부도 떼어보고 싶었다. 또한 그의 문학 관계 자료들도 가능한 대로 더 확보하고 싶었다. 궁하면 통한다고 했던가. 2002년 10월 부산에서 향파 이주홍문학관이 개관된 것은 김병호의 문학작품들을 폭넓게 확보할 수 있는 결정적인 계기가 되었다. 일제 강점기에 이주홍은 김병호 등과 사회주의 문학의 노선에서 함께 문학활동을 하며 상당한 친교를 맺었던 사이였기 때문에, 이주홍문학관의 소장 자료들을 통해 김병호의 문학작품들도 상당수 찾을 수 있었다. 여기에 특히 류종렬 교수(부산외대)가 김병호의 동시가 수록된 『불별』을 찾아준 일은 결코 잊을 수 없다. 정말 고마웠다. 여하튼 이런 일을 계기로 김병호의 글이 실렸을 법한 자료들, 『신소년』, 『별나라』, 『우리들』, 『대중공론』, 『여성지우』 등 당시 간행된 카프 관련 잡지들을 두루 조사해서 그의 문학 작품들을 상당수 더 확보할 수 있었다. 아울러 경찰관으로 근무하는 제자의 도움으로 제적부도 떼어볼 수 있었고, 제적부에 나타난 유족들도 모두 찾을 수 있었다. 유족을 만나는 일도 이외로 쉽게 풀렸다. 김병호의 유족들 중 여럿이 부산에 거주하고 있었고, 그것도 필자가 있는 대학과 매우 가까운 곳에 살고 있었다. 특히 유족 가운데 김영기(金榮基) 씨는 김병호의 차남으로 부친이 생존했던 당시를 소상하게 기억해서 구술해 주었다. 실로 파란 많았던 김병호의 삶이 드러나는 순간이었다. 사회주의 이념과 문학을 신념처럼 받

들었던 1920~30년대, 그러다 단호히 붓을 꺾고 민족적 양심과 지성을 지키고자 했던 일제 강점기 말기, 그리고 광복기의 정치적 격변과 6.25 전쟁기, 이런 역사의 격랑 속에서 숱한 고초와 시련을 겪고 또 방황을 일삼았던 그의 행적은 역사의 비극을 온몸으로 겪은 문학인의 초상을 숨김없이 보여주는 것이었다.

이제 김병호는 가고, 그가 온 정신과 열정을 바쳤던 문학만이 오랫동안 그늘에 묻혀 있었다가 비로소 우리 앞에 펼쳐지게 되었다. 물론 아직도 필자가 찾지 못한 그의 문학작품들이 상당수 더 있을 것이다. 그렇지만 그의 문학작품들을 새로운 기록으로 남기는 일을 더 이상 미룰 수 없었다. 본래 이런 일은 '완벽하게'란 말을 쓰기 어려운 법이다. 여기에다 개인적인 사정도 있었지만, 김병호가 탄생한 지 100주년이 되는 해가 바로 올해인데다, 그의 기일(음력 3월 14일로 양력으로는 5월 2일)에는 적어도 이 책을 올려서 그의 생전 소망이었던 시집 간행의 꿈을 풀어주고 싶다는 생각이 이 책의 간행을 서두르게 했다. 이 책이 고인의 명복을 빌고, 유족들을 위로하는 데 조금이라도 기여한다면 그 자체가 보람이 아니겠는가. 그리고 김병호의 시, 동시, 동화, 동시비평 등에 걸친 글들이 이 책의 발간을 계기로 좀더 깊이 있게 논의되고, 문학사의 빈자리를 조금이라도 메우는 일에 그의 이름이 올려질 수 있게 된다면, 이 또한 문학을 공부하는 학자로서 바라는 바가 아니겠는가.

사실 이런 책을 만드는 일은 시간과 품을 많이 필요로 하지만, 그렇다고 돈은 되지 않는다. 신문과 잡지의 한자 투성이 글들을 다시 활자화하는 데 많은 수고를 해준 학생들에게 고맙다는 말을 전한다. 그리고 어려운 출판사의 살림에도 불구하고, 오랜 인연을 앞세워 거의 강짜나 다름

없이 맡긴 원고를 기꺼이 받아준 정찬용 국학커뮤티티(주) 사장에게 으례 서문에서 하는 인사말 정도로는 도저히 신세를 갚을 수 없을 것 같다. 마지막으로 아내나 자식들에게 꼭 붙이는 말이지만, 일방적으로 내 일만을 이유로 들어 시간을 잘 나누지 못한 것에 대해 정말 미안하다. 가능한 빨리 이 지겨운 활자 놀음에서 자유로울 수 있도록 노력하겠다는 다짐을 한다.

2004년 3월 26일
우암골 연구실에서

박경수 씀

일러두기

1. 이 책은 이제까지 신문과 잡지 등에 발표된 김병호(金炳昊)의 시작품들을 가능한 대로 찾아서 수록한 것이다.

2. 이 책은 김병호의 시작품들을 크게 3부로 나누어 엮었다. 제1부는 성인시, 제2부는 동시, 제3부는 일어시(日語詩)로 하였다. 부록 1로 동화, 부록 2로 문학비평·수필 등, 부록 3으로 참고자료를 넣었다. 부록 다음에 연구편으로 김병호의 생애와 시, 그리고 문학비평에 관한 논문을 실어 그의 시와 문학세계를 이해하는 데 도움을 주고자 했다. 끝으로 <김병호 연보>와 <김병호 작품년보>를 작성하여 붙였다.

3. 작품의 배열은 발표 시기 순으로 했다. 단, 한 작품이 2회 이상 발표된 경우에는 먼저 발표된 작품의 발표 시기를 기준으로 작품을 수록하되, 나중 발표된 작품도 함께 붙여서 작품의 변화를 한눈에 볼 수 있도록 했다.

4. 시작품과 부록으로 실은 글마다 끝에 출전(出典)을 표시했다.

5. 제3부의 일어시는 우리말로 번역한 것을 실은 다음에 원문을 붙였다.

6. 시작품의 표기는 원문의 손상이 없도록 발표 당시의 철자 상태와 띄어쓰기를 그대로 따르기로 했다. 단, 부록으로 실은 동화, 문학비평·수필 등은 띄어쓰기에 한해서만 현행 한글 맞춤법에 따르기로 했다.

7. 당시 언론검열에 의해 삭제된 부분은 × 부호로 나타냈고, 원문에서 해독이 어려운 부분은 □로 표시했다.

8. 당시 인쇄상의 오식(誤植)이나 분명한 잘못으로 보이는 표기의 경우, 원문 다음에 ( )를 하고 그 안에 * 표시를 하여 바로 잡은 사항을 표시했다.

9. 본문에서 글쓴이가 잘못 알고 쓴 부분이나 기억상의 오류로 확인되는 내용은 각주를 달아서 바로 잡은 내용을 표시했다.

차 례

부록 3 – 참고 자료

연구편

제1부

시

그러케 내가 뭐라 하든가

안진방이곳

해마다해마다
봄이되면은
일홈도업는풀밧헤
적고도아름다운
자색안진방이곳이
피고는합니다.
남몰으게피는
그곳이엇만은
그래도썩는이가
잇스니 어이하리
그래도짓밟는이가
잇쓰니 어이하리.

☞ 『朝鮮文壇』 제7호(1925. 4. 1).

一行詩(九首)

◇ ××

봄……꼿……사랑……□□―××

◇ 雪夜

눈오는밤에거-지들은어대서자나?

◇ 孤寂

나는深山에숨겨혼자피어혼자지는일홈업는꼿

◇ ××詩人

그는모든理論을불살러바렷다

◇ 女

말할줄아는 어엽분動物!

◇ 몸

地球母體의月經期!

◇ 春雨

님의드신雨傘밋헤가티서서가고지고

◇ 밤의 詩人

올밤이 박쥐 마을압혜물길러오는月下女

◇ 自我

촌사람주먹가티꽉들어붓헛다

☞ 『朝鮮日報』(1928. 3. 15).

滿月臺 其他

永別
저流星이님의무덤에나려지는가?

靜夜
머-ㄴ汽笛소리에눈물지누나

怨恨
童貞을가지고죽은젊은詩人!

가위
절박한者외다因緣을끈허버린

겨울
이겨울에불상한동족이몃치나죽나!

草木
地上에선美의象徵文字!

靑春!
이봄에몃몃靑春의마음에꼿이핍니다 그리도끈키고는말!

卒業式

젊은先生의얼골을다시한번돌아보고校門을나섯다 나얼인處女가

性急쟁이

석영알- 머리만비비대면불어나누나

都會

큰입을벌리고 사람을먹는다 그리고는同化作用으로消化식힌다

滿月臺

녯宮女의치마자락끌인곳에不忘草피네!

　　　　― 滿月臺 갓든 길에 ―

☞ 『朝鮮日報』(1928. 4. 3).

人生 其他

落花

……의沒落이저러하렷다!

暮春

늦잠자고일어난處女의寢床에붉은꼿치피엿다

新綠

新綠!微風!日光! 종달새의昇天하는날!

閑日

바둑판을압헤두고黑白戰을하세!

밤에

외로운寢室을실어해서밤市街를헤매이노라

淸凉

흐르는시내 느러진버들 풀피리노래!

蒼空

내마음에怨恨을 다못이겨서풀은하날을 울어러보네!

人生

生……爭……勝……死

☞ 『朝鮮日報』(1928. 5. 1).

봄 노래

봄!四月!
　宇宙의森羅萬象을生命삼고우는새, 춤추는나븨, 흘으는시내물결치나大
洋에리듬을맛초아동무들아새소리불으자!

봄의노래를!
　……노래를……의노래를
　강산의찬것은새봄빗 새希望이다

☞ 『朝鮮日報』(1928. 5. 1).

海邊에서

나는바닷가의 바위우에안저
와르락부닷처 헛터지는
천만갈래물결에 귀를맷기고
저편섬사이로 가는배와
멀리살아지는 布帆을보니
마음은 어느듯녯날을追憶하네
오―그리운녯날을!

☞ 『中外日報』(1928. 5. 2).

新綠情景

어제밤 오는비에 梨花 桃花
다떨어지고
오날은 맑게개어 바람까지
풀으네
풀은닙 곱게도 피어나

四月八日! 한나절 싸거운 볏에
南風이 살랑 살랑 풀닙이
한들 한들
오날은 종달새의 승턴하는 날—

집웅우에 鯉魚가 헛날리고
公園에 잔채가 벌어졋건만
힘써 쌍파야 주린배채우랴
보리중등 동글동글 알을배어서
먹을것은 커지 내만은

☞ 『朝鮮日報』(1928. 5. 8).

花盆

戰場에서쓸어진님들을안어다
勞動에서돌아와안해의밥짓는
굴둑압헤서花盆을들어놋코
물주고기름주어更生식히렵니다

☞ 『中外日報』(1928. 5. 8).

結婚式前

내몸압흔줄도, 달는줄도몰으고因緣을이어주랴힘쓰는미싱
살강살강소리내며희망의處女
님위해하는일에밤새운다하리

☞ 『中外日報』(1928. 5. 8).

어린이

꼿은적은것이 아름답고
사람은어린이가 귀여웁나니
동모들아 붓을잡어라
세속에물들지안은그들의마음에
조흔씨를고히고히쑤려나주자
　　　— 어린이날에 —

☞ 『中外日報』(1928. 5. 8).

殺生!

아침안개도 것치기前에 사람들은
소를몰고 들에나가다 푸주간을向하야―
첫해볏헤 불붓는 먼山을치어다 보고
소는 엄마― 하며큰소리질으도다

소는 푸주간에쓰을여들어갈제
오날하로해에 만흔논 갈기前에
으레희 어더먹는죽맛을 생각하고
쉬―ㄱ하고 콧숨한번들어 쉬엇드니

어이하랴 칼든사람들 엽헤서우고
곱비잡아 세박귀 돌이드니
큰도키로 정뱅이 탁치고나니
집채넘어지듯 소는大地에 죽어넘어지도다

그쌔에일흠모를 파랑새함머리[1]
쎄직구 쑥지털며 날어서昇天하고
풀입헤 銀이슬이 불으르쩔며쩔어지네!
          ― (1928. 6. 15) ―

☞ 『新詩壇』 창간호(1928. 8. 1).

---

1) '파랑새한마리'의 오식인 듯.

밤과 거리

그러케 번잡하든 시가거리도
지금은 문밧등만 조을고잇네
내홀노 이길저길 헤매이면서
날갓치 잠못자는이 맛나려하네

☞ 『朝鮮日報』(1928. 10. 16).

별과 생명

밤마다 하날엔 별이멧개식
흘러서 사라짐을 보지안나요
당신의 정열이 불탈쌔드란
모진바람 불테니 조심하소서

☞ 『朝鮮日報』(1928. 10. 16).

삶과 죽엄

운명의 줄우에서 춤을추면서
사람들은 살앗다고 질겨하더라
길거리에 지내가는 상여를보고
사람들은 죽엇다고 헤만차더라

☞ 『朝鮮日報』(1928. 10. 16).

斷想

모―든것에絶望을늣기는날이잇다
모―든것을否認하는날이잇다
모―든사람을실혀하며 아모것이나붓들어⋯⋯⋯보고
누구라도붓잡고×와보고십흔날이잇다
그러다가혼자돌아안자지내친
잘못을뉘웃치며눈물짓는거룩한때가잇다

☞ 『朝鮮日報』(1928. 11. 27).

절로 가시더니다

님은절로가시더이다
시달린몸과 아픈마음을안고
산속깁히외로운절로가더이다

아츰저녁종소리 넘불소리에
속세에서뭇처간것을싯처바리고
추초에버레소리들으며
달아래시름겨워노래도하리다

님이절로서 돌아오실때
나에게무슨선물을가저오릿가
안녕하신몸과튼튼한마음으로
이튼날부터거리에나설뜻을가지고오소서

☞ 『朝鮮日報』(1928. 11. 30).

그째를

이날이짱의 겨울하늘은 웨저럿케도썹흐리고잇는고—
무엇이그러케 불만한가 무엇이그러케 용심나는가 무엇이그러케 부족
하는가

퉁탕 퉁탕 테-ㅇ! 테-ㅇ 퉁탕!
화약연긔가 자욱해지도록 대포알 총알을마저보앗쓰면 그대마음이풀
니겟는가
폭풍이불고 비행긔 비행선이공중전을시작하고 내려써러지는폭탄에왼
세상을불붓처 보앗스면 그대상판이 풀니겟는가
이날이짱의 흙빗이 웨이러케도 광택이업는가!
거무스름한 그대살빗이 웨울분과실망을 늣기고잇는가
부풀어 올으는그대삭신이 무슨주병걸리여잇는가!

그만퉁탕! 와자직근 우수수툭탁집채가 뒤집어자고 짱이써지도록 ××
전이이러나서
우리들의 승전가에 발길을마추어 짱속깁히 파무첫든 그째붉은삭신이
나와보왓스면광택이나갯는가 깃부게그대 병이낫겟는가!

이날이째의 형제들아 동모들아
그대들얼골은 웨그러케도 울분하여보이는가 웨—그러케도 억개를 굽
히고고개를 숙이고가는가

그만 우당퉁탕 아이아이아이아이고—야단법석이나며 ××전을일으켜
××××놈들을그의쩌대굵은손으로 굿쩔너주엇스면마음이 시원하겟는가
××행진곡에 마추어보앗스면
아—그쌔를가저와다고!
— 一九二九. 一. 二二日作 —

☞ 『中外日報』(1929. 2. 10).

漁村의 黃昏

바닷가 漁村에 날이저물어
모래언덕 잔갈밧헤 들물치미니
바다우로 울며나는 갈맥이의날개가
저녁볏노을에 고읍게 빗나옵니다.

바다의 巨人들은 順風에 돗을달고
배에가득 고기잡아 돌아들올제
밝안깃발 샛바람에 헛날이우고
질거운노래소리 風浪딸아 흘으네

선창에 배다으면 아해소리 어룬소리
잡은고기 數多한깁쑴이 漁村에 넘칠제
광저고리에담아메고 숩속길차저들면
두마세리2) 개좃차 쏘리치고 쌀으네

☞ 『朝鮮詩壇』제5호(1929. 4. 3).

---

2) '두세마리'의 오식(誤植)인 듯함.

조선아!

조선아!
조선의짱아!
조선사람아!
너는 이붓자식이냐!
너는 私生兒이냐!
조선아! 너희일홈은
얼마나아름답고시원하냐만은——
사람들이 너를들먹이기를실허하며,
우리가너를생각하고 깃드릴째엔
새로운悲哀를늣기게되나니, 어인일이냐!
조선사람아! 조선의짱아! 아조선아!

☞ 『文藝公論』 창간호(1929. 5. 3).

暴風과 火災(散文詩)

暴風이분다飂風풍이분다 旋風이분다 우……찌글……텅 와……작근…
수……

바람의神이怨[3]하엿다.　바람의地獄이破逆하엿다　只今大地는큰暴風의
威力에　動搖를當하며 가엽슨적은움막은 찌울어지고 큰집의기와장이헛
날이운다.　젠체하고납듸든人間들도숨이죽으며 거리에문밧등이떨어저깨
여진다. 거지거지 거지들은어대로갓노ㅡ.

데ㅡㅇ 데ㅡㅇ 쩨ㅡㅇ 쩨ㅡㅇ

警鐘을亂打하라 都會의한복판에 火災가난다, 바람이분다, 너희들다죽
으리라

消防隊대 消防隊!영치기 영치기 요이사, 요이사 와글 와글와글와글

火災의漲天! 暴風이大怒! 連燒! 連燒! 요이사 요이사 와글와글와글

×

사람들은하로밤을이럿케 바람과불과싸우고낫다.　새는아침에바람은자
고불은煙氣로變하엿슬째　火災지낸廢墟에서　그래도사람들은웃고짓거리
고 술을마시고 불을켜대여 담배붓치더라. 그리고밤이되면쏘다시 불을피
여밥을짓고 꽁꽁언손으로군불째우며 화로에불담어서 房에들여놋코잠에
들더라. 몸부림치다가 이불이거더저서 불날것을생각도못하는듯이!

ㅡ 一九二八. 一二. 五日밤어느火災를보면서 ㅡ

☞ 『朝鮮詩壇』 제6호(1930. 1. 20).

---

3) '怒'의 오식(誤植)인 듯함.

京城行進曲

一

넷일을 記憶하는 鐘路큰鐘은
울리어줄 새날을 기대린단다
오늘도 젊은이들 잡혀가는대
享樂中 大京城은 不夜城일세

二

地下室 어둔곳에 사람들모혀
千장萬장 푸린트 백히고잇다
××××안에서 주은쩨라들
님쎄들인 片紙속에 너허보냇네

三

京城안 넓다한들 몸둘곳업서
이밤도 脫走하는 동무가잇다
당신은 勞動者요 나는女職工
맛내기 어련님이 더그립고나

四

講演會 들을거나 劇場갈거나
漢江물 우에다가 배를쯰울가
新堂里 새로지은 양철집우에
붉은달 빗처올째 큰바람닌다

☞ 『朝鮮日報』(1930. 2. 13).

天禍

우리는 朝鮮에서 쌍파먹고사는 農軍이로세

初봄에 밤낫일헤동안을 팔둑에몽오리가돗치도록 洞里압둠벙에 물퍼
서 모자리를 겨우만들어 모씨를쑤려두엇드니

한달열홀을 비한방울이 안쩔어저서 소사나는둠벙에물도 한달만에는
다쏠아저바렷다

엇지세고 쌍에물쌜만하게 비가쏘다지기에

빗내여 싹군데려 어널널상사뒤 모심엇드니

그모가쑤리잡아서기도前에 논에물은 말나버리엿지

심어놋코한달도못된 베가배─배쑈여말나들어가는것을──

사람치고 어대참아볼수잇든가

배골여말나들어가는 얼인子息보는것보담 더참혹하든걸!

발서가을은 지나갓네

닷마지기논에서 한짐도못되는풀닙홀 비여온들무엇하나 속만상하지

肥料갑, 씨갑, 일군싹 으로내여쓴 돈은무엇으로갑나

地主에게는 무엇으로小作料를주나

免除─ 그런소리말게 논을쩨이면 엇더케하게

昨年에도 멜오가들어서 나락이적게낫서도 小作料는쪽갓치바다가데!

그건제처놋코도 대체이치워오는겨울을 무엇을먹고사누 웅!

봄여름먹고산빗에 발서執行을두번이나當하얏쓰니자─싸질머지고 빌
어먹으러나서세 나서─

그래도兄弟間이낫데──

집팔고쫏겨난 잇흔날兄님집으로 염체업시밀어들엇드니 (食口넷이서)

작은房을비여주고 糧食쌀을쑤어주데 그들도살아가기거북한판에———

日本을갈야고旅費만들어둔것을 그리저리하다가 다—까먹고

쏘품파리나섯네 나는작알놀지기 안해는製絲工場에.

地主에게 사정하야 보리도심어두엇네

보리닙히 파—랏케 잘아나기를始作하자

北風이불고 치위가와락더하야지더니———

인제는 쌔안인 겨울비가장마저 퍼붓네그려

그비가끗치고나더니 막쏘라붓치드니

얼엇네—얼엇네 보리밧치얼엇네

언보리는 쑤리채 썩엇네 쑤리채막썩어버렷서

自然과 天候에 마음이업는줄은 판연히알건만은 그래도 이다지도 이쌍
의百姓들만을못살게구는가하니

呼訴할곳업는憤怒가 저녁노을과도갓치寂寞함을늣기게하이

團結이다 團結!다맛이것만이우리를우리스사로 救하야줄最後의길인줄
을——

農軍들아 알어내자 새世紀의行進曲에발을맛추며나아가자 나아가!

　　　— (一九二九年의엇던農夫의 生存記의한토막으로) —

　　　　　　　　　　　　　　☞『大衆公論』제4호(1930. 3).

初春雜咏

봄비

마을은 자우ㄱ한 봄비에 싸여
초가집들에 실오랙이갓흔 저녁연기 써올으네

어머니는 불안쌘골방에서 보채는 어린애를 안고
안나는 젓꼭지를 비볏다 쌌다 물엿다………
어린것은 피가나도록 울다가 못채다가
애빈얼골에다 두줄기 눈물흔적을 남겨두고
헐덕어리며 입을버리고 잠들어 바렷다.
어머니는 누덕이에 싸눕혀 놋코는 입맛추고 눈물지엿다.

엽헤료리집에서는 노래소리 장고소리 차차 더놉하가며
바람닐고 어두워오는데
해삼 팔너간 이애아버지는 아직썻돌아오지도안코
저녁거리 업는 부억에 빗물만흘너드네!

☞『女性之友』제2권 제2호(1930. 4).

비들귀

비개인 아침하날이 맑고 플으고 보드랍게
늦잠잘오는 요사이 여섯시출근은—
식은밥뎅이도 밋처 뎁혀먹을 여가도업데
해쓰기전붓터 전등불 올째까지
트락크에 흙파담아 밀고갓다 밀고왔다……
하로에 육십전일세 오늘해도 넘어가네
굽은허리를 펴고서니 아이고저긔 저녁 노을에—
쎄들귀 한쎄가 날개를 곱게곱게 물들이며
새로지은 일본사람 별장집우에 써도네 써도네!

☞ 『女性之友』 제2권 제2호(1930. 4).

고향을 써나면서

　조희쏘각 한장이면 아모데라도 쫏기어가는 내살림사리로세

　가라면 가라는대로 실혼데나 구즌데나가야만 되는 이몸이로세

　쯧안맛고 실혼사람의아래라도 머리를쑥숙이고 하라는대로 할수박게
업네

　이제 내고향에는 새봄이와서 쏫치피고 새가우네

　내 아침일즉부터 저녁늣도록 일터에서 날마다 싸들리는지라

　아직껏 어린아들의손을붓잡고 郊外에散步한적도 업섯다

　쯧맛는 벗으로부터 山우에올라 鬱憤한가슴을 풀어 노래도불러보앗네

　이제내 웃명령을바다 山中에도 지독한山谷으로 밥줄을차자가네

　어린妻子를 남의집겻방에다 울리어두고 쯧마자오고 가든벗의 씩씩하
면서도 섭섭해하는얼골들을 뒤에다두고

　이맑고도 보드라운 봄하날아레를 쿵쿵거리는車를타고몰려가네

　어린妻子의 한카치로 얼골덥는 애처로움을뒤에다두고

　동무들의 가서잘싸워라하는 흔드는帽子들을 남기어두고

　외로운 未知의쌍과 사람들을차저 털털거리고 故鄕을써나가네

　　　　……―九三〇. 四. 四日에……

☞ 『朝鮮日報』(1930. 4. 11).

곳과 旅客

一.

馬山! 馬山! 馬山!

바다의馬山! 사쿠라의馬山!

지금 觀櫻團탄 臨時列車가 馬山에도착되엿다.

산 게단지 쏘다놋듯 와글 와글 와글 와글!

쑤르조아 쑤르조아 쑤르조아들이 풀려내린다.

京城 大田 大邱 釜山서 막몰아왓단다.

二.

투―ㅇ 퉁퉁퉁………타―ㅇ!

歡迎門우에 砲火가 올은다 올은다.

數十臺의 自働車가 드라이브하야 간다. 온다.

假設劇場에서 북소리 노래소리 들려온다. 들려온다.

지금으로부터 쑤르조아들의 大享樂이 開始된다.

三.

　보퉁이질머진사람 가만이뭉치들너멧사람 헤여진옷입은사람 불상한사람―

華鹿한곳밧홀뒤에다두고 이곳三等待合室에는 일에밧분사람 일터를차저헤매는사람

　살길을차저가는사람들이

쏫치다무에냐! 하는듯이 움추리고들안저잇다. 서잇다.

그들의파리한얼골 굼주린몸둥이 눈알속시원한일 幸福스런일이 그들의가는곳에

기대리고 잇지도안흐렷만은─

몹시도 다들 車써날時間을 焦燥하게도기대리는것갓다

        四.

이윽고잇다가 驛夫의가위소리 찰각거리자하나둘 列을지어 밧분듯이 그들은

묵묵하게 車에 오른다.

보퉁이를 手荷物을 내려노코는 휘─하고한숨을쉰다.

이客車에 모인旅客은 몰리여가는무리 쪼끼어가는무리 불상한무리!

사쿠라의馬山을뒤에다두고 오늘의歡樂을 저바리고가는저들!

이윽고 호각소리나자 汽車는 쿵쿵거리고北으로 向하야 써나간다.

아이가 저긔 쑈 퉁 탕 탕 砲火가올은다. 올은다.

                              ─ 旅中에서 ─

☞ 『大衆公論』 제7호(1930. 6).

그러케 내가 뭐라 하든가

이사람아 그러케내가 뭐라하든가
洋服에솔질자주하고 게집애만오면 벙글벙글웃으며
무엇아는듯키 써들대든 그놈을 밋지마라고
고짜위놈이 우리의일을 最後짜지 지지할줄알엇든가
대체로×××색기는 ×××행세쑌이 못하는겔세그려

      ×

이사람아 고놈××이도 밋어서는 안되네
자네는 너무사람이조와서 큰일이란말이야
입하고 행실하고 틀니는것이요 행실도 입에가서는 어그러지느니
××이놈도 요새는 冊한卷보지안코 밤낫술집에만 드나드데그려
대체 그가굿굿한意識인들 처음붓허 무엇이잇섯드란말인고ㅡ

      ×

이사람아 고놈들이 하나둘 우리의×內에서 버서지나간다고
앗가워할것도못되고 두려워할것도 아모것도 업거니와
그런것들이 우리×內에 잇서서는 일을못하느니
그러케 내가 자네보고 뭐라하든고
그런것들은 ××한번이면 고만되고 말어질種類들이라고ㅡ

         ☞ 『音樂과 詩』창간호(1930. 8. 15).

病床에서

　내몸 외로운 客地에서 病에누은몸되니.

　괴로움과 설엄이 이에더할배 업소리라 밧갓世上에 어느듯 歲月은흘너
새해됏난지.

　설웃닙고 길거리를 짓거리며 지나가는 어린이들소리들여오고.

　마을의이집저집서 북을치며노래소리들여오건만.

　이내몸 들여다보아주는 사람도업시 문박게도 못내다 보는지라.

　몽롱한꿈속에서 생각은멀니 故鄕의 어린妻子를 그리워하며.

　지나간 녯날의追憶만이 어지러히도되쩌드나니.

　오!몸서리나는 그쌔의 그장면이 쏘다시 날을싸고 만도는고나.

　이내몸이다지도 쇠약해짐도 병에잣어짐도.

　모도다××놈들의 ××이엿다. 밤에도밤중 술처먹은 두세놈 날불너내여.

　혁대 연필 삼줄 물 물 물 세멘도바닥 내대구리야—악—.

　쌔치고나면 꿈꿈꿈 왼몸에 식은쌈 물흘으듯.

　이다지도 괴롭게하는 꿈을거듭하는 내몸과 의지의 약함이여.

　새봄이오면 고목남게도 새쏫이피여 나나니.

　이내몸 어서만 병상을 박차고일어나여라.

(此間四行略)

☞ 『批判』 제11호(1932. 3. 1).

어린 靈에

그러케도 넉넉하든 그性이
오늘에는 다시 어느곳서 차저볼길이업고
날샌 비들기처름 쒸놀든 그몸둥이가
그다지도 쉽게 싸늘하게 굿어도 지는지라!

만일에 저성이 잇다고 하면
그곳헤 염라대왕이 그일을마텃다하면
아직썻 世上에물들지안코 罪업는그를
그다지도 괴롭게하고 잡어가는 그곳을 그이를
나는 그곳을 원망하며 그이에게 송사라도가고만십네!

울어서 그靈을불너올수잇다면
한탄하야 다시금 살아올수잇다면!
××야 너의 애비와 어미다울고 한탄한것으로도
넉넉히 너를 불너오고 살이기도하엿스련만!
그다지도 막가는길을 엇지나하랴!

　슯흐다고도 못할 울어서도 못막을 갑갑함을 막을도리도 업서 동리를
것처
　벌판을걸어 쏘다시 네무덤을 向하야 것는발길이 행여나 무덤우에서
다시살어나 쒸고잇슬것가튼

이내 어리석은 꿈을 쏘다시 거듭하게하는이째에

머리우에선 종달새 울부짓고

언덕아래 풀닙이 솟아들나고

어린處女들 나물캐러나와 노래도불은다

星姬야!

봄은다시와서 이러케도 大自然은 豊富하건만!

네간길은 어대냐 아─그어대냐 다시는 두번다시는 오지를못하는─

　　　　─ 一九三二. 二. 二七日 次女 星姬의 죽은 날에 ─

　　　　　　　　　　☞ 『批判』 제13호(1932. 5. 1).

굶은 날

先生님이여

저가 아모 압흔데도업시 體操못하겟다한다고

너무나 꾸짓지말아주소서!

언제나 저가 게을이하고 남의게뒤지는적이잇섯습닛가

(此間一行略)

工夫로나 運動으로나 저본적이업스닛까요

그러나 오늘만은 先生님 저를용서하소서

오늘아침에 저는 아침밥을 굶고왓습니다요

어머니와저야 뭣하로굶는다고 엇저겟습닛가만은

철몰은 얼인 두동생이 지금쯤은페여저서

애터주는 어머님을 부여잡고 울어삿는가봅니다.

(以下 八行略)

(一九三二. 五. 二〇)

☞ 『批判』제2권 제6호(1932. 6. 1).

안해의 靈前에

夕陽은 멀니 西쪽하날을붉게물들일때에 어둠의 帳幕이 한거름 두거름
그대의 屍體를 개루든 珠簾과도같치 이내갑갑한 가삼속에 모여들적에
생각은 다시금 넉넉한 녯일의 追憶에빠지네
그대와나는 朝鮮에 태여난 가난한아들딸
또나든 그날부터 가난에짜들이든그대와내
가난하기 때문에 고생도많이하고 한껏고닯어
얼인 자식과 將來를 생각든 오-그대는
밥을굶어도 몸이앞어도 그저참고만지냇드니라
男便을 멀니떠여 ××터로보내고
집안生計를맡고 아들딸을 맡어
글안해도弱한몸에 얼마나 無理를하엿기에
그다지도 쉽게속히 가고는말엇느냐
二十六歲의 꽃다운靑春을남기여두고
×아-그대가 아장아장달이고단이든딸이 그대를 찾는다
세상에나온지 두달밧게안된 그대의젓메이아들이젖을찾는다.
어미찾어우는소리 젖찾어 보채는소리
오-이것들을 뒤에다 두고 엇지그대는갓단말이냐
밤이면 밤새도록 얼이것들을⁴⁾ 껴안고달내며
낮이면낮 일터에서 헤매는 이내몸에는
다시금 무슨빛이있으랴 히망이있으랴
가난을 없앨일을 계속하며 얼인이나길우자
앞서간 그대의 靈도 이것을 바래주리라

☞ 『全線』 창간호(1933. 1. 1).

---

4) '얼인것들을'의 오식(誤植)인 듯함.

일하는 農民

나의 ××는 한자루의 광이와 낫뿐이다

그러고 돌기둥가튼 다리와 起重機가튼팔

황소와가튼 健全한몸은 토락타 이상의로동을한다

아침이면 해쓰기前부터 밤이면 닭을실고

들로 山으로 우리는 自然을 征服하는 勇士들이다

광이로 파고 낫으로베고, 손으로웅치고발로 밟으며

모—것을뜻대로 만들고야만다

봄여름 피쌈흘이고, 손톱발톱다 달케

죽도록 일하고 것군 벼와 전곡은가는곳이 어대냐 어느×의 차지냐, 昨
年에도이랫고, 再昨年도이랫다 十年을 이래오고, 二十年 아니平生을이러
고만말게냐

어널널 상사뒤 農軍들아

今年은凶年이다 뭣먹고살네

小作料 거름갑 빗은엇저고

엄동설한 얼인처자뭣먹일네

헐버슨 父母兄弟 뭣입필네

낫이라도 광이라도 ×××××

어허널널 ×××…………

☞ 『批判』 제21·22호(1933. 3. 1).

母性愛頌
– 어데갓느냐!

이른아침 집집이 煙氣내며 딸그닥그려
마음정성껏 예물을 채려들놓고
촛불켜고 향불피여 옷가라입고 절사지낼제
어린것들 읅웃읅웃 새옷입고 히히야 지절거려 거리를 채우나니

××야! 넌어데갔느냐 어데갔느냐
너같이놀든 동무제가는고나 넌어데갔느냐

너좋아하는 음식물 다채려놓았다
이것안먹고 어데갔느냐
너입을옷 꾸며두었다 안입고 어데갔느냐

불러도 울어도 안오는 너를 어리석은마음은 또다시 山으로 가서
푸른잔디 오목한 한줌의 네무덤을 부여잡고 뚜다리며
울부짖는 이어미의양을 너는 어데서보느냐
靈이라도 있거든 내가슴에 품안겨라
안보이는 네姿態 꿈에라도 보이여다오!

땅을뚜다려 울다울다 氣盡하야 山아래 길을내려다보니

고은새옷들입고 오가는아이들의 무리무리
너도저가운데 있나보다 보안것같다

××야 ××야!
게있거나 게있거라
이것먹어라 이옷입어라
××야! ××야!

　　　　　　　　— 秋夕日에 —

　　　　　　　　　　　　　☞ 『批判』 제24호(1935. 10. 15).

月下의 一群

괭 괭 괭 괭 꽤경막 갱 갱
궁 궁 궁 궁 쿵탁쿵 궁 궁
지-ㅇ 지-ㅇ 지-ㅇ 지-ㅇ

       ×

달 아램니다. 들 가운대 풀밭입니다.
땅중 우 등지개 맨발을벗고
손손에 북물을 들었습니다
農軍 軍樂隊 얼시구좋다
노래하고 춤추며 쿠궁막괭괭

       ×

봄 여름 땀흘려 지은농사
들에도가득 山에도가득
칭 칭 칭 노ㅡ세

       ×

팔월이라 秋夕날에
한아름 비여다 송편지여
먹고 놀고 눌아보세[5]

       ×

나락네 지욱이 코를쏘고

---

5) '놀아보세'의 오식인 듯함.

풀버래 울어울어 장단마처
어린애 어룬 男女 다모여서
오날저녁은 우리 世上 놀아보세

       ×

얼시고나 좋고 좋다　칭 칭 칭 노―세

☞ 『批判』 제25호(1935. 11. 15).

岳陽의 山川(一)

雨後의 岳陽山川 新綠이 새로워라
江언덕 짠듸우에 실버들이 그늘지워
斜陽의 남은빛이 江물에 비초일제
牧童의 노래소리 布穀鳥장단이라
白沙場 짖은곳에 물새가 건이난이
고기를 엿보는가 자웅을 찾임인가
빨가숭이 얼인아해 돌을들어 물을치니
놀내날너 가는곳이 洞庭湖 물갓이냐.
寒山寺 점은鍾이 이제야 울이난이
八景의 곧곧마다 저녁짓는 煙氣로다
고기낚든 漁翁들은 낙대들고도라서며
뭇새도 우지지며 집을찾어 날어간다.
岳陽의 山川草木 옛일이 글이워라
古人이야없을망정 情景이야變할소냐
神仙臺 걸인해가 아직껏남었으니
동모야 일어서라 가는대로가볼세라
          一九三三. 六. 一〇 翠澗亭에서

☞ 『批判』 제30호(1936. 7. 20).

岳陽의 山川(二)

瀟湘八景
  蟾津江一稱瀟湘, 岳陽亦有八景其他名與中國無異
  漁村落照 第一景

太白山뿌리받아 山이疊疊싸여내려
그山中層雜한樹木 물근원이되였도다
四時장천흘너내려 끊일날이바이없어
無窮大江일웠으니 蟾津江이이안이냐.

江저편이靑山이요 江이편도靑山이라
靑山수풀짓텃으니 各새들이울어있고
거름같은곱은물이 소리없이흘러가니
맛좋은고기들이 數없이잠겼도다.

자욱한 안개속에 떼배들이흘너올제
한가한노래소리 山에울여 좋을시고
고기잡는帆船들이 上下로건일적에
白鳩훨훨날너나니 이런景致가또있느냐

江언덕 兩三家에 저녁짓는 煙氣잃고
고기잡든 漁船들도 돗츨것고 돌아서며

울고나는 물새깃헤 夕陽볓이빛었으니

筆舌로다일울소냐 漁村落照가여긔로다

—昭和十一年 七. 八日作—

☞ 『批判』제31호(1936. 9. 20).

旅愁

칙넝쿨 얼키듯한 모든結累를 끊어버리고
개미 체바퀴 돌듯하든 故土를버서나서
훨훨떨치고 旅路에 나서고싶다.
山을 넘ㅅ고 물을 건너
가다 가다 쓸어질 그때까지—

가다 가다 나무그늘 밑
돌틈에서 소사나는 물을 떠마시고
酒幕에 들어 따스한人情을 맛보며—

오오 가을하늘에 담배煙氣를 구름날리듯 훅뿜으며
山넘고 물건너 끝없는旅路에 나서고 싶다.

☞ 林和 편저, 『現代朝鮮詩人選集』(學藝社, 1939. 1. 25).

칙넝쿨 얼키듯한 모든結累를 끊어버리고
개미 체바퀴 돌듯하던 故土를 벗어나서
훨훨 떨치고 旅路에 나서고싶다.
山을 넘고 물을 건너
가다 가다 쓸어질 그때까지—

가다 가다 나무그늘 밑

돌틈에서 솟아나는 물을 떠마시고

酒幕에 들어 따스한 人情을 맛보며—

오오 가을하늘에 담배煙氣를 구름날리듯 훅 뿜으며

山넘고 물건너 끝없는 旅路에 나서고 싶다.

☞ 金容浩·李雪舟 編, 『現代詩人選集(上)』(文星堂, 1954. 3. 1).

말

오— 다갈색의 불쌍한 말이어
웨네가 이땅우에 태여낫단말이냐
천날 만날 억매이고 끌려다니고
바위보담 무거운짐만 끌고다니고
면도칼같이 날카로운 매질만 얻어맞고

오— 애닯은 늙고 여윈 말이여
푸른빛갈 눈물에어린 힘없는눈으로
무었을 그렇게 머-ㄹ거니 처다보는고
하날없는 푸른 하늘이냐
네말의放鄕인6) 高原의풀밭이냐
젊었을적 몇차레맛본 네사랑의
살찐볼기짝이냐 젖가슴이냐

말이여
이밤이 점믈래도 너의마구ㅅ간은
너머도 눈포래를 막아주지못할
헛간인줄 잘아는네가
또다시 내일이면 千斤무게의 짐이

---

6) '네말의故鄕인'의 오식인 듯함.

너를 기다리고 있는줄도 잘아는네가
그래도 그꼽비를 악물어 뜯고
千萬里를疾走하여 도망거주를 못하는너는
그三年묵은 北魚보다도 더말라빠진 네
다리에對한自信조차 永遠히忘却하고 말께냐
아― 슬픈 다갈색 늙은말이여!

☞ 『中外情報』 창간호(서울: 中外情報社, 1946. 6. 19).

무제7)

잃었던 이 강산에 봄이 돌아와
삼천리 곳곳마다 꽃이 핍니다
안타까운 가슴에 맺힌 설움을
눈같이 얼음같이 녹여줍니다.

---

7) 김병호의 차남인 김영기(金榮基) 씨가 불러준 노래로, 이 노래는 부친이 직접 지
은 것으로 취흥이 나면 수시로 불렀다고 한다. 2절까지 있었다고 하지만 2절은 기
억하지 못했다. 광복을 맞이한 기쁨을 노래하고 있는 것으로, 광복기에 김병호가
지은 것으로 판단된다. 이 시의 원문을 찾지 못했기 때문에 편의상 '무제'로 명명
했다.

제 2 부

동시

바다의 아버지

봄비

울밋헤서 짓거리는 병아리처럼

보슬 보슬 속살거려비가옵니다

젓먹고 살아나는 얼인애처럼

大地가 촉촉하게 이비마즈면

꼿치 꼿치 방긋 방긋

피여나리다

새노래에 맛추어

나븨 춤추며

가난한 朝鮮에도 봄은오리다

☞ 『朝鮮日報』(1928. 4. 19).

가물음

우리집 모자리에
비가안와서
짱이쩍쩍 벌어지고
모가말으네
아버지는 우둑허니
처다보시며
하날을 울어러서
입만다시네.

자고나도 새고나도
비는안오니
사람들은 모도다―
큰일낫다죠
모못심어 벼안크면
무엇먹을고
남남쌀밥 나무죽은
못먹것든대.

☞ 『별나라』 제4권 제6호(1929. 7).

移舍

우리집에 放賣家라
표붓치드니
그적게 우리집은
팔넛답니다
쇼염만코 살진사람
집사갓대요
오날은 우리집에
이사함니다
골목세집 어더서
이사감니다.

올애토록 정든집아
잘―잇거라
내가키운 꼿밧하
너잘잇거라
이웃집 동모들아
다잘잇거라
이뒤에도 쏘종종
놀너올거마
공밧기 숨박곡질
쏘하러오마.

☞ 『별나라』 제4권 제6호(1929. 7).

退學*

학교와동무들을 뒤에다두고
울며울며논길을 걸어갑니다
學校못갈冊보를 무엇에쓰랴
싸욱싸욱가마귀에물여보낼가

來日부터지게지고산으로가나
숩속에서 호랑이가나오면엇재
솔쑤리에 발질리면 피나오겟지
山직이가 쏫차오면 엇지내뺄고

밤되면은 夜學校에 가서배우세
가갸 거겨 하나둘, 셋—
밤늦게 돌아가선집신만들지
이래도 자라나선큰일군될네.

☞ 『朝鮮日報』(1929. 11.10).

학교와 동무를 뒤에다두고
울며울며 논길을 걸어갑니다

―――――――――――――――――――――

* 『불별』에서는 제목이 '퇴학'으로 되어 있다.

학교못갈 책보를 무엇에쓰랴
까욱까욱 까마귀에 물여보낼가

내일부터 지개지고 산으로가나
솔뿌리에 발찔리면 피나오겟지
숲속에서 호랑이가 나오면엇재
산직이가 쪼차오면 엇지내뺄고

밤되면 야학교에 가서배호지
가 갸 거 겨   하나 둘 셋
밤늦게 돌아가선 집신만들지
이래도 커나서는 큰일군될네.

☞ 『불별』(경성: 중앙인서관, 1931. 3. 10) 재수록.

나무장사(少年詩)

울아버지는 나무군이다.
낮에는 산에가서 하로종일 솔비여
잇흔날 장작패여 널어말유죠
이삼일 지낸후엔 지개에지고
장에가 팔아서 쌀사오지요.

엇던째는 밤늦게 돌아오시다.
엉드렁에 넘어저 팔닷치여서
집신도못만들고 알으섯지요.
그다음날 아버지대신 내가쑷지요.
조고만지개에 장작을지고 갓지요.

오십전 바들야고 애를쓰다가
그작저작 태저서 사십전에팔엇죠
해지고 눈오는길 달음질처오니
어머님이 등불잡고 마종나왓죠
아버지는 날을보고 장하다고하지요.

☞ 『新少年』 제8권 제2호(1930. 2. 1).

童詩數題

◇ 강ㅅ가

빨내짐을지고 어머니딸아 강가에나가니
하날빗갓흔 물속에 적은고기가노데
느러진 버들개지가 썰어지니 고기가쒸데
쏘닥쏘닥 빨내소리에 강언덕 살작살작울리네!

◇ 해가질어

아침에 쑥죽마시고 풀캐러나왓네
아직 풀들이어려서 적은바지개도 좀안차네
쑥범북한개먹고 쏘랑물 마셧드니
해가질어서 발서붓허 시장기드네!

◇ 넘어틀엿네

풀짐을지고 큰길노 돌아들올제
×××배가에 놀러가고오는 자동차맛닷처 빗기는바람에
그곳에싸여 풀짐을 넘어틀엿네
잣식하얏드면 사지밥 먹엇슬것을!

◇ 풀냄새

거름할야고 풀캐다 마당에펴널엇드니

짜신볏쌀에 옹굴옹굴 말나저가네
왼집안에 달콤한 풀냄새쩌도네!

☞『新少年』제8권 제5호(1930. 5. 1).

바다의 아버지

해도아즉 써지안는 이른새벽에
긔적소리 들여오면 울아버니는
조고마한 배타시고 유선에가죠
쌀가마니 실어내려 열번수무번

선창가에 쌀가마니 산과갓해도
울아버지 실어내신 그쌀이라도
오늘아츰 우리집엔 양식이업서
울어머님 걱정하며 쌀구러갓죠

갈매기떼 울며나는 바다우으로
저녁노을 빗츨실고 울아버지는
고기만희 잡아갓고 돌아오서도
오늘저녁 우리집엔 포래쟝국분

☞ 『별나라』 통권 45호(1930. 7. 1).

해도아즉 떠지안는 이른새벽에
기적소리 들려오면 울아버지는
조고마한 배타시고 윤선에가죠
쌀가마니 실어내려 열번수무번

선창가에 쌀기미니 산괴가태도
울아버지 실어내신 그쌀이라도
오늘아침 우리집엔 양식이업서
울어머니 걱정하며 쌀꾸러갓죠

갈매기떼 울며나는 바다우으로
저녁노을 비츨실고 울아버지는
고기만히 잡아갓고 돌아오서도
오눌저녁 우리집엔 파래쟝국뿐

☞ 『불별』(경성: 중앙인서관, 1931. 3. 10) 재수록.

비 온 뒤

비가개고 볏치쌩 번적거린다쌩
산과들에 풀빗치 더풀어젓다
저긔저긔 나무입회 반작거리네
은이슬 금이슬에 반작거리네.

농부는 광이들고 들에나오고
어린동모 소몰고 멕이러가네
씽충씽충 송아지쮜며 엄마불으고
얼인처녀 나물캐다 놀내나서네.

울아버지 논갈너다 저진등지개
무렁무렁 짐이올나 말나지거라
맨근쟁이 쌩쌩쌩쌩 잘도돌아서
울어머님 쌀내한데 물을맑켜라.

☞ 『新少年』 제8권 제7호(1930. 7. 1).

모숨기*

오늘은 우리집 모숨기다
아버지 어머니 형님누나
모도다 나와서 모숨기다
어널널 상사듸 모숨기다

아침질 집압논 다심으고
큰길까 논뱀이 심노라니
지주   쌩쌩쌩 자동차로
읍에가 주색질 하나보다.

여름내 쌈흘여 풀을매고
가을에 타작한 나락섬은
지줏네 고방에 들어가네
뭣하러 쏘다시 모심으나.

한평생 일해도 가난한건
놀고만 먹는   잇는탓을
어널널 상사듸 농부들아
구렁논 장아치 박아주자.

☞ 『新少年』 제8권 제8호(1930. 8. 1).

---

* 『불별』에서는 제목을 '모심기'라 했음.

오늘은 우리집 모심기다
아버지 어머니 형님누나
모도다 나와서 모심기다
어널널 상사뒤 모심기다

아침엔 집압논 다심으고
큰길가 논뱀이 심노라니
지주   쌩쌩쌩 자동차로
읍에가 주색질 하나보다.

여름내 땀흘여 풀을매고
가을에 타작한 나락섬은
지주네 고방에 들어가네
뭣하러 또다시 모심으나.

한평생 일해도 가난한건
놀고만 먹는이 잇는탓을
어널널 상사뒤 농부들아
구렁논 장아치 박아주자.

☞ 『불별』(경성: 중앙인서관, 1931. 3. 10) 재수록.

꼴 비다

해져가는 벌판에서 꼴을 베다가
금광산을 쳐다보니 울아버지가
손에다가 함마들고 내려오시네
몇방이나 터주었나 다이나마이트

등뒤에서 울어머님 소리나기에
낫을 들고 돌아서서 방긋 웃는데
나물많이 캐여갖고 돌아오셨네
날보고서 같이 가자 손끌으시네

어머님은 어서 속히 먼저 가시요
저산에서 낼오시는 아버지 맞어
나는 나종 피리불며 돌아갈테니
먼저 가서 나물국을 끓여두세요

☞ 『별나라』통권47호(1930. 9).

가을바람

바람아 우수수   퉁텡탕불어
영감놈 모자를   벗겨가거라

우리네 벼듸룬데 몬지잘날려
영감놈 눈알에   들어가거라

퉁텡탕 바람불면 영감아들놈
코홀록 코홀록   감긔가들어

소작료 만히바다 새쌀밥못먹고
코에서 피터지고 물똥만싸게.

☞ 『불별』(경성: 중앙인서관, 1931. 3. 10).

더운 날

이더운날 울아버지 그집속에서
어떠케나 견듸시나 삼년또삼년
울아버지 가튼동무 그집속에서
병들어서 누엇다고 신문낫는데

사방문을 다통해도 숨이막힌데
토굴가튼 그속에서 어찌살겻나
그리해도 울아버지 튼튼한몸은
불속에다 잡어너도 관게찬을걸

울아버지 다니시든 공장에서는
오늘에도 변함업는 싸이렌소리
수천명의 로동자들 함마둘은다
힘센다리 굴근팔들 넓다란어깨

더운날도 이겨내고 감독도이겨
나종에는 동맹파업 공장주이겨
울아버지 구해낼날 갓가워온다
젓벅젓벅 새세상이 갓가워온다.

☞『불별』(경성: 중앙인서관, 1931. 3. 10)

비 오는 날

비오는 이날의 그리움이여
하날은 낮어서 어둠침하고
山과 마을 비에젖어 煙氣가구요
꼬랑물 울넝 출넝 논에 물찻죠

깨골깨골 깨고리 칩너서울고*
째작째작 새들은 집젖어울고
이라저라 우리들은 소몰고나가
이논두럼 저논두럼 소물먹이죠

(八行略)

☞ 『新少年』 제10권 제10호(1932. 11. 1).

---

* '칩어서울고'의 오식인 듯함.

봄

봄이온다고들 쩌들지마라
三四月 긴긴해에 점심굶는것
아침저녁쑥죽에 헛배부른것
지긋지긋하지안나 무엇이좃나

해마다이봄에는 이를악물고
일하자고하든동무 어대갓느냐
오늘도거지거지 원성만놉지
무엇하나못해내나 봄바람처럼

☞ 『별나라』통권 67호(1933. 5. 5).

제3부

일어시

나는 조선인이다

오늘은 조선의 추석날이다

오늘은 조선의 추석날이다
불쌍한 민족에겐 둘도 없는 위로의 날이다
대홍수도 있었지만
폭풍우의 기습도 당했지만
그러나 오늘만은 누구네 집에도
한 그릇의 국과 한 병의 술이 있다
모두 새옷을 입고(두세번 노동의 댓가로)
오늘 하루를 즐긴다.
저녁 무렵에는 농악대가 연주하고 노래부르며 북적거린다
목숨을 부지하는 전답에는
풀만 무성하게 자라고 있는 것을
잊기라도 한 듯이
내일부터 또다시 일을 하지 않으면
먹을 것은 아무 것도 없다
그들 자신들을 잊기라도 한 듯이
오늘 이 하루를 노래하고 즐긴다
불쌍한 민족에겐 둘도 없는 위로의 날이다.

今日は朝鮮のお盆です

今日は朝鮮のお盆です
哀れな民族の二つなき慰みの日です
大洪水はあつたが
大暴風雨にはおそれたが
しかし今日だけは誰の家にも
一ぱいのしると一びんの酒があります
皆新しい着物を着て(二三箇の勞働の報酬)
今日一日を樂しむのです
夕方頃は樂隊と歌でにぎあふのです
命をつなぐべき杏が
草だけばうばうと生えてゐるのを
忘れたやうに
來日からは又と勞働にかからなければ
食ふべき何物もない
彼等自身を忘れたやうに
今日の此の一日を歌ひ樂しむ
哀れな民族の二つなき慰みの日です。

☞『日本詩人』(1925. 12).

여러 가지를 생각하며 산과 들을 걷는다

여러 가지를 생각하면서 황량한 가을 들판을 걷는다
계곡에는 시신 앞에서 향을 사르고 있는 것처럼
저녁을 지으며 산 아낙네 혼자서 살고 있는 듯하네
여름날 소먹이든 장난꾸러기 꼬마가
매미를 잡으러 올라간 심술궂은 도령을 괴롭히기 위해
발라놓은 소똥이 고목에 말라붙어서
나병환자의 혹같이 되어 있네.

깍 깍 깍 깍
까치가 날개를 퍼득이며 날라갔다.
눈을 들어보면
바다가 보인다. 바다 위의 푸른 하늘도.
아직 본 적이 없는 여인의 양장 옷자락같을
수평선이 보인다―

저 해변에 한 사람의
염전이 있구나
저녁이 되자 안개와 서리가 갑자기 일어나는데,
지평선 저쪽엔 여름밤의 모기향 같이
연기가 사선을 그리며 하늘로 올라가고 있네.

쏴-사- 바닷가에 파도가 부딪치는 바위틈에서
넓다란 허벅지까지 아랫도리를 걷어올린 여인네들이
조개를 잡고 있는 것 같구나.

여러 가지를 생각하면서 산을 내려와 들판을 걸어서
자홍빛 석양이 지는 강을 건너서 집으로 돌아간다.
통 통 통 통
붉게 물든 배도
미지의 이국 소녀가 석양을 얼굴에 가득 받고서
곱슬머리를 바람에 날리면서
강가에 있는 나의 집에 돌아와 있는 것 같구나
희망이 가슴에 가득히 찬다.

色々思ひながら野山を歩く

色々思ひながら冬枯れの野原を歩く
谷間から死屍の前の線香を燃してゐるやうに
夕飯をたく山女が一人居るやうだ
夏牛飼ひのいたづら子が
蟬取りに登つた猿お坊をこまらせる爲めに
塗つて置いた牛糞が檻の枯木にからびついて
癩病患者のたゞれこぶみたいな
枝になつてゐる。

チツチツチツチツチツ
鵲が羽だたいて飛んでいつた
眼を上げろは! はつ!
海が見えらあ海が青空も
見忘れた女の洋裝のすそみたいな
水平線が見えらあ—

あの海邊一人に
鹽田があるんだなあ
ほうほう夕曇りの霧と霞の零圍氣の中に
地水平線から夏の夜の蚊取り線香みたいな
煙が斜めに天に向つて上つてゐる。

さあーさ― 磯に砕けるなぎさの岩間で
太い股まで下衣をつり上げた女等が
貝などを取つてゐるだらうに。

色々思ひながら山を下りて野原を歩いて
夕暮れの紫紅色の河を渡つて家に歸る
トトントトトントツトツトツ
あ-かいお船で
見知らぬ異國の娘が夕日を顔に一ぱい浴びて
ちゞれ髪を風に吹かしながら
私の家の河岸に歸つて來てゐるらしい
望みが胸一ぱいになる。
　　　　　　　一九二六 ˋ二 ˋ一三作

☞『日本詩人』(1926. 4).

갈대

목숨을 지탱하고 있던 갈대가 연일 내리는 비로
하얗게 가느린 몸매의 연약한 아가씨와 같지만 성숙한
인도인 처럼 아랫배를 감추기에 충분하도록
줄기가 모두 앞으로 휘어져 있었다.

갈대여! 빨리 크게 자라라
불쌍한 동포가 초가집 두더지가 사는 구멍같은
온돌에서
배고픔을 잊을 정도로
생각하고 생각하면서.

우리 조국은 망한다
나는 어떻게 할 방법이 없다
술을 마시고는 노래를 부르고
너를 안고 울 것인가.
콧노래를 부르면서
언젠가 눈물을 흘리면서
뜨개질을 하는 것 같이.

蘆

命をつなぐべき麥も連日の雨で
白く枯れたが體の弱い娘のやうに熟した
印度人と同じく下腹地かくすに足るだけの
爲めの麻もみんなふんまがつてしまつた。

蘆よ早く大きく延びよ
哀れな同胞が藁屋のもぐらの穴のやうな
溫突で
ひもじい腹を忘れるほど
考へ考へながら。

おらが祖國は滅びるよ
おらはどうするすべもなし
酒を飮んでは歌うたひ
君を抱いて泣かうかな。
鼻歌をうたひながら
何時か淚にくれながら
編物をするやうに

☞『日本詩人』1926. 9).

나는 조선인이다

나는- 조선인이다!
나라도 없으면 돈도 없다
즐거운 일이라곤 물론 없지만
애처로운 눈물도 없애버렸다

도덕이란 도대체 무엇인가!
일조융화(日朝融和)란 어떤 것인가!
우리들은 너무나 속고 있다

조상 대대로 살아온 집은 누군가가
조상 대대로 전해온 논밭은 누군가가
걸신들린 듯이 앗아가 버렸다
지금은 몸둥아리 하나뿐인 이 몸이 남아있을 뿐이다

너희들은 일하라고만 말하는 것인가!
너희들은 우리들이 게으름이라도 피우고 있다는 것인가
도대체 일할 곳이 없는데 어떻게 하는가!

그리운 고향의 산천을 뒤로 하고
북으로는 남만주 동으로는 일본으로
밀려가는 여보들은 어떻게 하라는 것인가

나조차 몸을 적국(敵國)에 옮겨갈 수밖에 없는 마음을
너희들은 알 수 없을 것이다!

어디로 갈 곳도 없고
그저 행복을 염원하는 마음이
영주할 땅이 있다고 기어이 믿고야 마는 마음이
오늘도 오늘도 수백의 백의인(白衣人)을 태웠다
관부연락선(關釜連絡船)이 뿌- 소리를 낸다!
마지막이 막장 끝인가 탄광에서 종말을 맞이하더라도

일본인은 우리들의 ×이다
그러나 전일본의 무산자는 우리들의 편이다
우리들을 애틋하게 도와줄 이들은
전일본의 프롤레타리아들이다
너희들이 생각하고 있는 이것을 우리들도 생각하고 있다

너희들이 할려고 하는 것을
우리들도 해낼 것이다!
동지들아 손을 잡아다오
그리고 한 가지 일을 꼭 부탁한다.

おりやあ朝鮮人だ

おりや一朝鮮人だ!
國もなければ 金もない
樂しい事つて もちろんないのだが
哀れをこふ涙もかたづけてしまつたんだ

道徳がなんだ!
日鮮融和つて 何物だ
おれらはあまりにだまされすぎてゐるんだ

先代から住みなれた家は何者が
祖先からつたへてきた田畑は何者が
むさぼり取つてしまつたんだ!
今は裸一本の此の身が殘つてゐるばかりだ

君等は働けといふのか!
君等はわしらが怠けてゐるとでもいふのか
だいたい働く所がないのをどうするんだ!

なつかしい故郷の山川を後にして
北は南滿州東は日本へと
押流されるヨボたちをどうせうといふのか

我と我が身を敵國に運び行く心持を
君等は知る事が出來ないであらう!

何處へ行くとてあてもなく
たゞたゞ幸あれかしと願ふ心が
永住の地好しとあせる心が
今日も今日とて數百の白衣人たちを乘せた
關釜聯絡船がボーとなる!
末は場末が 炭坑で果てるのぢやけれど

日本人はおれたちのXぢや
しかし 全日本の無産者はおれらの味方ぢや
おれら いつくしみ助けてくれるのも
全日本のプロレタリヤぢや
君等の思つてゐることを我等も思つてゐるし

君等のなさんとすることを
わし等もなし通すであらう!
同志たち手を握つてくれたまへ
そして一仕事しつかり頼むぜ!

☞ 『戰旗』(1929. 3).

<童話>

부길이와 평길이

부길이는 엇저녁에 도미 쑤은 맛에 밥을 좀 과식하엿든 것이다. 그래서 배가 넘우 불러서 색색거리고 몸부림치다가는 일즉히 잠자리에 누워 바렷다. 비단요- 비단이불 속에서 짜뜻하게 포근하게 잠들어버린 부길이는 꿈을 꾸엇습니다. 배가 압해서 몸부림치다가 한쪽 엽흐로 뒤치는 바람에 쑬으르……하고 설사가 낫습니다. 엄마— 하고 소리치니 아버지와 어머니는 황당하게 달려와서 곳 자동차에 담아 실고 병원으로 달려갓습니다. 의사가 보더니,

『에- 넘우 과식을 하야서 식상증이 낫습니다. 이 약을 가지고 가서 먹이면 낫습니다. 주사를 한 대 노왓스니 조금만 잇스면 관계찬을 것입니다.』

라고 하얏습니다.

집에 돌아온 부길이는 약을 먹고 어머니 아버지를 엽혜 안치고 잠들어 버렷습니다. 한숨 자고나니 쏘 배가 압흔것 갓태서 아이 배야 하고 소리를 질을랴니 목이 쏵 맥켜서 소리가 나아오지 안엇습니다. 쏘 몸부림을 치고 잇노라니 쒸—…… 쒸— 하고 울리는 소리에 부길이는 놀내여 잠을 쌔엿습니다. 그 소리는 그의 아버지의 소유인 직조공장(織造工場)에서 아침일 시작하라는 고동소리엿습니다. 부길이가 꿈을 쌔고나보니 그 엽헤는 약도 업고 아버지와 어머니도 안저 잇지 안햇습니다.

『아버지— 아야! 어머니!』

하고 소리질으니 어머니와 아버지는 약속한 것가티 달려왓습니다.

『아이고 배야.』

하고는 곳 변소로 달려갈랴 하니 그 어머니는 부더 안고서 변소에 데려다 안쳐준다. 안자마자 줄으르…… 하고 설사가 낫습니다. 그의 아버지는 이 소리를 듯더니 곳 뎐화실로 달려가더니 의사를 불으니 하인들에게 무슨 큰소리를 질으니 자동차가 쓸으르 하고 달려가는 듯 하엿습니다.

조금 잇다가 의사가 왓습니다. 부길이를 방에 데려온 어머니와 아버지는 걱정스러운 얼골로 의사에게 어서 주사(注射)를 주어달라고 중얼거립니다. 의사는 머리를 굽신굽신하며 맥을 집허보고 주사를 주고 약을 먹이고 야단법석을 하더니,

『에! 괜찬습니다. 조금 과식하야 난 병인데 하로 이틀 밥을 먹이지 말고 이 약을 먹이고 미음을 조금식 먹이십시요.』

하며 또 좀 잇다가 오기를 약속하고 써낫습니다. 부길이는 그날 학교를 결석하엿습니다. 그의 아버지도 공장에도 가지 안엇다. 왼 집안 식구가 모도 부길이의 속히 낫는 것을 축원하는 것 갓햇습니다. 그날 저녁째이엿습니다. 부길이의 담임선생은 교장선생과 가티 부길이의 문병을 왓습니다. 부길이의 아버지에게 허리를 굽신굽신 절을 하더니 대단히 걱정스러운 일이라 문안하고는 곳 낫도록 되겟지 하고는 인사를 하고 갓습니다. 이러케 하는 동안 사흘이 지냇습니다. 부길이는 나어서 학교를 갓습니다. 그날은 월요일이엿습니다. 제일 첫재 시간이 수신시간이엿습니다. 근검(勤儉)이라는 제목을 칠판에 크게 쓰고 선생님은 포켓트에다 손을 너헛다 쌔엿다 하며 열심으로 이야기를 하는 것이엿습니다.

『에- 사람이란 것은 첫재 부지런해야 된다. 일을 실혀하지 안코 남이

놀고 잇슬 째에도 자긔는 쉬지 안코 일을 하여야 된다. 그래 번 돈을 검약하여서 쓸대업는 곳에다 쓰지를 말고 저축을 하여야 한다. 그리 하야 내종에는 부자도 되고 조흔 일도 할 수 잇는 것이다.』

이것이 선생님의 친절하게 하야주시는 말슴이엿습니다.

부길이는 이 말을 알어 들을 수가 업섯습니다. 그러면 우리 아버지는 엇지 하야 날마다 노시는대 그러케 돈이 만흔가, 나도 날마다 놀고 학교에만 다니는데 다른 공장에 다니는 사람의 아희들은 월사금을 잘 안내누 하며 이상하게 생각되엇습니다.

그째이엇습니다. 저편 구석에 안젓든 평길(平吉)이가,

『선생님 질문이 잇습니다.』

하며 소리를 질으며 손을 들고 닐어섯습니다. 칠십 명 생도는 일제히 그 편으로 돌아다보고는 쪼 선생님의 안색을 보고 죽은 듯이 잠잠하여졋습니다. 선생님은 약간 흥분된 어조로,

『가만 잇서에……! 그래 무슨 말이냐 응!』

하며 위협하는 긔색을 보엿습니다.

『선생님! 지금 선생님의 말슴 하신 것에 잘 몰을 점이 잇습니다. 부지런히 일만 하면 반드시 부자가 될 수 잇습닛가. 우리 아버지는 아침 여섯시부터 밤 여섯시까지 뼈가 빠지도록 일을 하여도 퍽 곤난하게 지냅니다. 부길이 저것들은 저의 아버지나 어머니나 부길이나 다 놀고만 잇서도 부자로만 지내는데요.』

『올습니다. 평길이 말이 올습니다. 우리 아버지도 일만 해도 우리집은 가난합니다. 나도나도 이 반의 어린애들은 부길이와 그의(부길이의) 친척이나 공장에 감독하는 사람들의 아들을 쌔어노코는 모도 다 공장 직공의

아들들이엇습니다.』 이러케 뒤를 니어 질문과 불평이 연발하자 선생님은,

『싯그럽다. 누가 쩌드나. 선생이 허락하기 전에 입을 여는 자는 벌을 줄테다.』

하며 생도들의 질문에 답을 하지 안코 성을 내여 진정식혀 버렷습니다. 아희들 중에는 속소리로 중얼거리는 자도 잇섯습니다. 그날은 무사히 지내갓습니다. 하학 후에 선생님은 부길이 겻틀 쩌나지 안코 그를 감시하엿고, 집으로 돌아갈 째에도 병으로 알엇다는 구실로 집에까지 다려다 주엇든 것입니다. 밤 늦게 부길이 집에서 나오는 선생의 얼골에는 붉은 빗치 쩌돌며 선우숨을 치며 빗틀거름을 걸엇든 것이엇습니다.

그런지 멋칠 뒤에 일이엇습니다.

공장에서는 무조건해직반대(無條件解職反對) 임금인하반대(賃金引下反對) 취업시간단축(就業時間短縮) 등 기타 조건을 내어 세우고 스트라익을 일으키엇습니다. 그 이튼날부터 학교에 가니 교장은 아침 조회시간에 체조단 우에 올라서서『여러분의 아버지와 어머니들의 하는 일은 여러분과는 아모 관계가 업스니 여러분은 공부나 잘 하고 결석 말라는 당부를 하고 교실에 들어와서는 담임선생님이 쏘 여러 가지 설유를 하엿습니다.

그날 오후이엇습니다. 평길이의 아버지와 멋멋 어룬들의 경찰서에 잡혀간 것을 본 어린이들은 누가 말한 바도 안이엇건만 평길이를 위시하야 그들은 동내 압 운동장에서 그날 저녁 째에 모히게 되엇습니다. 한 이백여 명 아희들이 모혀들자 평길이는 놉흔 층게 우에 올라서서 연설을 하엿습니다. (中略) 우리도 우리의 아버지 어머니의 일을 도웁기 위하야 무슨 방채을 취하여야 한다고 소리 질렀다.

『그럿타. (中略)』

이럿케 말하는 것은 평길이와 가튼 륙 학년에 잇는 급장 철수였다. 만
장일치로 결정되엿다. 그 뒤에 몰장 갓다.

『朝鮮日報』(1929. 11. 8~10).

<少年小說>

쉬는 날

一

천지는 벌서 봄이다. 쌋쯧한 바람결에 장미색 아침 하날은 한가로운 새소리로 조혼 메로듸─를 짜내고 잇섯다. 거리에 아침 안개 쩌돌고 (中畧) 마을은 이제 아침밥 먹노라고 한창인가 보다. 짤근거리는 소리 쩨금거리는 소리 들려오나니─.

『아버지─ 오늘은 공장에 안 나가서요? 일요일도 안 쉬시든데 오늘은 웨 일즉 안 나가서요 네.』

하며 열두 살 먹은 창기는 나물죽을 들려 마시다가는 숭융 마시고 잇는 아버지에게 물어보왓다. 평소에면 아침해가 쩌 오락말락할 쌔에 출근하시든 아버지쎄서 오늘은 아침밥을(밥이래야 나물죽 한 식기) 자시면서도 밥쑤잔은 체하고 잇는 것 갓해서 물어보왓다. 혹 어대가 편찬으신가 하고도 의심하면서─.

二

『옹 오날은 쉬인다. 늬들 학교도 공부 안 하지. 날싹을 못 밧으니 우리는 쉬지 안켯다 해도 오늘은 (中畧) 일을 못하게 한단다.』

『그러면 공장에서 일을 못 하게 하는 날도 날싹을 주워요. 난 월사금이 석 달치나 밀려서 선생님쎄서는 곳 사학년 된다고 안 가저 오면 통신부도 안 주고 한대요.』

『참 애야. 돈을 어대 나두고 안 주니. 너 아버지도 걱정은 하고 게신단(* '다.'가 탈자) 저— 래일은 내가 바느질품으로 들어 모와둔 것이 두 달치는 된다. 그것이라도 위선 갓다 들리고 사정을 하여라. 너는 일등생이라면 너의 선생도 우리집 가난한 줄 알고 게시지 안나.』

『웬 돈이 두 달치나 잇서. 쏘 무슨 전당을 잡힌게로군. 응!』

『안야요. 요 엽집 촌에서 들온 정부자 집에서 빨내가지도 맛고 바느질도 해 들리고 해서 밧은 게라우.』

하며 어머님과 아버지께서는 약간 흥분되신 어조로 말을 하시다가,

『그러면 그것이라도 위선 갓다 들이럼으나. 책도 사 두워야겟구나. 공책도 사야지.』

하시면 아버지께서는 쏘 한번 입맛을 다신다.

『안애요. 책은 우등상하고 정근상하고 타면 도화책하고 습자책만 사면 됩니다. 그리고 공책은 우리반 애들 머리를 싹거주니까 학급 회비에서 썰어주신대요. 저는 그러기에 달은 애들 륙십 오전 밧는데 오십 전만 갓다 주지 안해요.』

『오냐 어서 공부나 잘 해라! 우리가 뼈가 불어지는 한이 잇더래도 너하나 밋흘 못추리겟나.』

하시며 어머니는 정지 치우러 밧갓흐로 나가시고 아버지는 겹으로 쩌 입으며 썰어진 보선짝을 포개신다.

『아버지 공장에 안나가신다면서 무엇하러 보선까지 씨어 신으서요 네!』

『오날은 나무를 한집 해와야겟다. 그만 놀아서 쓰겟니.』

『그러면 저도 아버지 쌀아가겟서요. 작은 지개 지고요.』

『숙제할 것 업니? 삼학긔 시험은 다— 칠엇니.』

『네— 삼학긔 시험은 그것째 맛첫게요. 선생님이 절보고 전부 만점이라고 해요.』

『그럼 나가서 낫을 좀 갈어라.』

창긔는 아버지를 쌀아 나무를 하러 가는 것이 엇전지 마음 든든해지는 것 갓태서 질거움을 늣기면서 낫을 갈앗다. 요전에 일요일 날 ××산에 가서 나무를 하다가 산직이한태 들켜서 매 맛고 낫 쌔앗긴 것을 생각하면서—.

三

『아! 저런 아버지 북크리가 쌀아옵니다. 집에 가거라.』

하며 동리 박글 나섯슬 째 짠 길을 들어왓는지 창긔 집에 개란 놈이 낫타낫다.

『그만 두어라 쌀아오게. 고놈이 토기라도 한 마리 잡앗쓰면 좃켓다.』

하시며 아버지는 우스신다. 그러면서 ××산 쪽을 향하야 걸어가신다.

보리는 발서 세치나 너무 길어서 파—란 빗츨 새롭게 하고 종달새는 풀은 하날 우에서 질거운 듯이 노래를 하고 잇다. 이쪽 저쪽에서 나물 캐는 처녀들은 오늘 아츰을 굶엇는지 노래좃차 안 불은다.

四

『애— 그만 이리 오너라 점심 먹자. 점심 먹고 조곰 더해가지고 그만 나리 가자.』

『북크라— 이리 오너라.』

하시면서 쑥으로 비저 만든 주먹밥을 한 덩어리 던져 주신다. 개는 저편

솔밧새에서 무엇을 찾는지 왔다갓다 하더니 달려와서 쓱 밥을 물어 삼킨다. 해를 내밀어 쌉살 주둥이를 몃 번이나 몃 번이나 할타 돌리며 더 먹고 십흐다는 표정을 하며.

하날중둥을 서쪽으로 기우러진 해볏은 발서 솔밧새에 한 바람 써돌며 시장하든 배속은 쑥밥 한 덩어리로는 한긔가 안 노엿는지라, 바위틈 솟아나는 찬물을 먹엇다 배앗탓다 어버지께서는 발서 잣나무 가지 솔 쓸텅 솔갈비 검부적 가튼 것을 베고 쓸어모와서 차분하게 한짐 지와 세워 놋코는 담배를 붓치신다.

『얘 그만 해라. 인제 가자. 아—니 저 산 아래 쏫차 올라오는 게 누구냐.』

『음 솔은 안 비헛쓰니 관계찬타.』

『안애요 갈비만 글어도 야단이든대요..』

『그럼 당해논 일을 엇더캐 하나.』

『아버지! 참 조혼 일이 잇서요. 북크리 쌉살개를 불러냅시다.』

『오— 그것 참 됫다. 북크라— 워—리 후유 휘— 이리 와.』

『쌉살아 저긔로 저 놈 온다. 쏫차가 지저대라. 북크라 컹 컹!』

컹 컹 컹!

五

아버지하고 내하고는 엇지 되나 십허 솔나무 새에 숨어 안저 북크리를 쏘차 보내놋코 노려보고 잇노라니, 그놈이 정말이지 우리 집에서 혼자 맛겨두워도 집을 잘 직히든 놈이라 미상불 무섭게 생긴 놈이 웡웡하면서 내달려가드니 올나오는 산직이를 (한 사십된) 물어트들듯키 달려들

라는 판에 들고 왓든 짝지로 한번 갈겨 주엇다! 북크리가 괙 소리를 한
번 질으드니 컹컹컹 짓기를 시작하자 그만 옷깃을 잡아 물고 뒤흔드러
노왓다 달려들엇다 하는 판에 산직이는 드듸여 형세 불리함을 깨달낫는
지 퇴거하기를 시작하자 개는 뒤딸아 엉얼거리면서 짓으며 물어뜻을 듯
이 야단을 치니 그저 작지를 뒤로 내저으며 달아나버렷다.

　승전을 하고 돌아온 북크리를 압헤 안치고 씨다듬는 아버지 손에 붉
은 피가 뭇어나왓스니 산직이의 작지에 몹시도 마젓나 보다.

　……一九三〇. 三. 二日 作……

　　　　　　　　　　　　　　　　　　　　　『朝鮮日報』(1930. 3. 6~7).

문학평론·수필 등

暮春雜筆

◇ 봄이 오면

봄이 오면 얼마나 깁거울가 얼마나 늣김이 만흘가 하고 퍽도 기다렷든 것이다. 그리고 봄이 오면 지금까지의 意味 업시 지내오든 내 生活을 意識잇게 살어보리라 冊도 더 만히 읽고 봄 조흔 景致에서 조흔 詩想도 엇으려고 오지 안튼 봄을 속히 와 달랄 만치도 期待하고 잇섯든 것이다. 그래 오고야 말 봄은 오고야 말엇섯다. 봄이 오고 보니 무엇 그저 뒤숭숭하게 분주하기만 하고 돌이어 내게는 不滿과 興奮만 남겨두고 그네들의 꼿구경하려 行列지어 다니는 꼴이 보기 실혀서 어서 이놈의 봄이 가버렷스면 하고 봄을 咀呪하는 것이다. (* 16자 정도 언론 검열로 삭제) 내 마음에 봄은 올 날이 멀엇서— 내게도 봄이 잇슬가?

◇ 理論遊戲의 文壇

우리 文壇이 웨 이러케 亂雜할가, 沈滯하여 가는가. 所謂 理論鬪爭이란 것을 일삼는 이들의 ××에는 넘으나 食傷증이 생기어 온다. 大衆 云云하면서 그들은 大衆의 心理와 環境을 생각지 못하는 藝術理論을 세우고자 하는 것이다. 인테리켄차틕하야 ××……等이 만히 들어가고 어려운 學說을 끄집어다 쓰면 그만 最高 評論家로 自處하는 것이다. 이 英雄的 氣分으로 남의 作品이나 理論을 짓밟고 破壞를 주장 삼는 것이 그들의 理論이다. 그리고 넘우나 實際 作品을 쩌난 推想的 理論이 橫行하고 잇는 것 갓다. 엇지 보면 蹴球나 野球를 하고 잇는 感을 禁치 못할 것을 만히 보는 것이다. 眞實로 大衆을 目標로 하는 藝術일진대 그 大衆에게까지 각색

의 醜態를 演出하야 아희들의 작란 싸홈가튼 것을 보이느니보담 各自의
人格 乃至 評論 創作들을 尊敬을 가지고 對하며 理論을 세워야 할 것이
요, 硏究的 態度를 가저야 될 것이 안인가. 現在의 理論鬪爭 氣分으론 大
衆이 好感을 가질 理도 업슬 것이오, 참 푸로文藝가 生長하여 갈 수도 업
겟고, 眞意義를 가진 理論 세워질 가망이 업슬 것이다. 同志들 自重을 바
라노라

◇ 先輩와 新進
近來에 新進作家 評論家가 날로 늘어가는 것은 우리 文壇의 오-즉 한
낫 曙光을 보는 것 갓치 질겁은 일이다. 그들을 歡迎하야 줄 文藝雜誌가
적고 그들을 指摘하야 줄 先輩의 不足함이 큰 유감이라 아니 할 수 업다.
그 中 朝鮮日報 文藝欄에 조흔 新進의 佳作品이 만히 실리게 되는데 文
壇에서는 다만 黙視 말하는가 (中略) 좀 더 先輩를 尊敬하고 新進을 貴히
녁입시다.

◇ 文壇月評
누가 文藝創作 月評하여 줄 이가 업슬가. 詩 小說 戱曲 評論에 잇서서
各各 最高 專門家가 月終 計算을 내여 주엇스면 하고 몹시도 기대려진
다. 月刊雜誌評도 좃코 各 新聞 文藝欄評도 좃켓는데. 評家들이여 우리
손으로 잔약한 우리 文壇을 주기를 바란다.

『朝鮮日報』(1928. 4. 20).

藝術家의 片語

一. 빅토르, 유-고

오날 問題는 무엇이냐.

싸우는 것이다.

來日 問題는 무엇이냐.

勝凱할 것이다.

모─든 날의 問題는 무엇이냐.

死滅하는 것이다.

    ×

文學은 道德과 갓해서 그 作品이 卓越하면 卓越할수록 容易하게 모(*보)이는 것이다.

二. 톨스토이

現時代 現社會의 藝術은 賣春婦가 되여버렷다.

그는 彼女와 가티 矯篇을 商作한다.

彼女와 가티 언제든지 팔인다. 그리고 彼女와 가티 사람의 마음을 迷惑하게 하고 廢頹하게 한다.

    ×

僞藝術은 職工과 工匠과 갓하야 需要者가 잇슬 째마다 製作된다. 僞藝術은 賣春婦가티 脂粉하고 賣春婦가티 利得을 가젓다.

三. 쌕레―크

보라 世界를 一粒의 砂土 中에서
그러고 天國을 一葉의 野菊花 中에서
聖淨한 無限을 그대의 掌 中에서
그러고 永遠을 瞬間 中에서.
　　　×
勇氣에 缺弱한 자가 狡猾하니라.
　　　×
約束 當하는 者가 天才가 아니니라.
天才는 拘束을 밧지 안느니라.

四.

兒孩가 어른들의 作物을 쑤시는 것은 可惜하다.
그러나 이것이 生物의 活動이다.
엇지나 삶의 힘의 充滿함이여!
　　　×

舞踊은 動作하는 建築이다.

   ×

藝術은 自然이 人間에 밧친 것이다.
要컨대 肝要한 것은 饋臺를 잘 닥글 것이다.

   ×

眞理에는 年齡이 업다.

五. 입센

한 사람을 사랑하지 못하는 者로서 人類愛를 提唱하는 것은 不可能이다.

   ×

思想에는 國境이 업다.

   ×

끈킨 꽃은 시들은 꽃이다.

   ×

刑罰은 罪惡을 助成한다.

   ×

人間의 最大 破廉恥罪는 友人에게 대하야 背信을 한 것이다.

   ×

恐怖, 希望, 失望! 此等 三語로 사람의 一生은 記錄된다.

六. 치헤홉

賢人은 배우는 것을 조화하고 愚人은 가르치기를 조화한다.

    ×

死란 건 무섭다. 그러나 永遠히 살겟다는 感動은 더욱 무섭다.

    ×

淸白하면 淸白할수록 不幸하다.

七. 아나톨·후랑쓰

眞情으로 사랑하고 잇는 째에는 사람이란 건 過失이 업슬 것이다.

    ×

敗負者면 이 叛徒가 된다.
勝利者는 叛徒는 안 된다.

    ×

萬一 人生에 꿈이란 것이 업섯든들 生存은 얼마나 忍耐하기 어려우리.

八. 웰쓰

조흔 書籍은 理想의 藏庫이다.

    ×

모―든 罪惡은 畢竟 社會의 罪惡이다.

    ×

이 世上에서 第一 하품 나는 것은 說明이다.

    ×

마음 끗대로 叛逆者 或은 ×××여라.

그러나 單一한 誘拐者로는 決코 되지 말어라. (完)

『中外日報』(1928. 5. 3. 5).

矗石樓에 올나 서서

내 故鄕의 봄 四月에 矗石樓에 올나서 내려다 보면 義岩 웃 絶壁에는 이제가 늦다는 드시 벗꽃 복숭아꼿 살구꼿들이 가득하게 픠여서 香氣를 헛날이며 벌쩨 웅웅거리고 나븨 춤추며 南國의 새봄을 자랑하지요. 南江 물 흘으고 흘으난 곳에 봄 새옷 가라 입은 處女 婦女들이 西將臺 알에로부터 義岩바위 우아레와 저- 알노 赤壁(名 들비리) 밋까지 쭉 늘어안저서 빨내들을 하지요. 오날은 날이 이럿케도 싸시니 그 수효가 더 늘어서 쏘닥! 쏘닥! 쑥닥! 쏘닥! 하는 그 소리가 薔薇색 봄 하날에 고요하게 울니지요

無情芳草가 모래언덕에 풀으오면 江 건너 晉陽 竹林과 西將臺 건느편 望景臺 松林도 더 한층 풀은 빗이 새로워지나니 義妓 論介의 靈의 象徵인가 봄니다.

마음 업는 男女들이 오락가락 하것만은 論介를 追憶하야줄 者 멷치나 잇쓰랴! 새봄을 마젓서도 그들의 얼골에는 새 意識에 살겟다는 希望의 빗좃차 안이 보이니! 西將臺에 올나 서니 등 뒤에서 울여오는 護國寺의 種소리도 한가롭거니와 平居들 바라보니 보리도 자라서 세 치나 넘어되여 보이는대! 아- 오날은 이럿케도 날이 싸스하니 종달새가 모도 다 昇天하야 노래를 불음니다. 이편 水道場 굴둑에서는 흰 煙氣가 뭉게뭉게 솟아 올으니 監獄農場에는 붉은 옷 입은 이들이 무슨 씨들을 뿔이고 잇슴니다. 아! 저기 新長路엔 만흔 활양들과 어엽쑨 게집애들을 가득 실흔 自動車가 달여오네 달여가네! 응! 이 봄은 너희들의 것이다! 너희들이 것이다.!

『朝鮮文藝』 창간호(1929. 5. 10).

驚! 急死

二月二十四日! 이 날은 우리 동리에 ×山重砲兵隊가 演習하러 오는 날이다. 엇저녁까지 나리든 봄비도 이 날은 맑게 개여 싸뜻한 햇살이 한나절 거리 우에 빗치고 잇섯다. 지럭지럭하든 쌍바닥도 짐이 무럭무럭 나며 말나저가고 싯그러운 거리 우도 몬지좃차 안 난다. 기와집 양철집 문 압헤는 긔ㅅ발이 헛날니고 아침붓허 이 동리는 분주한 것 갓헛다.

有閑階級들은(그 中에도 늙은 할마니들이 더 만타) 求景한다고 새옷들을 갈아입고 어슬렁 어슬렁 끌어나온다. 대체 世界에서 朝鮮 사람들 갓치 求景 조와하는 사람들은 둘도 업슬 것이요, 그 中에도 女子 ―女子 中에도 늙은 할마니들갓치 맛도 몰으고들 덤비는 꼴을 더 볼 수 업다.

午后 두 時쯤 되자 公園 우 神社 엽헤다 그 巨大한 大砲가 方位를 定하야 안자마자 兵丁들은 오락가락 야단이고 巡査隊, 在鄕軍人隊, 警備隊들이 이쪽 저쪽으로 갈나들 서서 여러 가지로 演習할 準備를 하얏다.

사람! 사람! 구름 모여들 듯 모여드는 사람 ―普通學生, 小學生, 中等學生, 靑年, 女子, 老人, 老婆, 어린이, 自動車 탄 사람, 아해 업은 사람, 사람 사람 사람! 그 中에도 五十歲나 넘어되여 보이는 늙어서 허리가 굽으러진 老婆 한 사람이 젓먹이 하나를 업고 大砲 바로 엽헤 서서 여러 번 저리 나서란 注意를 바더 왓던 것이다.

무엇을 할가 엇더케 演習을 하나 하고 모도들 그 兵丁들 하는 樣만 치어다들 보고 굉장 쩍적한 滋味스런 일이 날 것을 기대리는 것 갓헛다.
　　　　　쿵!
사람들은 모도 다 쌈작 놀낻다. 몸을 움츨 떨엇다. 가삼에다 손을 대본

사람도 잇고, 귀에다 손을 대고 팽 돌아선 사람도 잇섯다. 멋도 몰으고 쌸어단이든 개 한 머리는 생똥을 쌜악 싸고 내여쌔엿다. 空中에는 火藥 煙氣가 나고 조희 쏘개진 것이 바람결에 헛날이엇다. 將校 한 사람은 望遠鏡을 눈에다 대고 건느편 山 우에 흰기가 판듯거리는 곳을 치어다보고 이쪽 저쪽 山 언덕에서는 패패로 갈여잇든 兵丁들이 적은 銃으로 탕 탕 탕 터주고 잇다. 서편 市街를 견우고 잇든 人砲에서도 곳 뒤니어 쿵! 하고 한방 터잣다.

바로 그 째엿다. 앗가번 첫방 크게 터젓을 바로 그 째엿다. 앗가번 어린애 업은 老婆 말이다. 그 老婆의 등에 업혓든 얼인애가 왜ー 하고 등 우에서 업힌 채로 발발발 쩔엇든 것이다. 저짐 빗겨서라고 멋 번 注意를 當해가면서도 무엇 별 수나 잇슬 것 갓치 대여들던 그 老婆는 그 孫子가 등 우에서 발으르 써는 것을 늣겻슬 째에 아이고 엇절고 하고 허둥지둥 公園 뒤 自己 집으로 돌아가 버렷든 것이다. 그러나 그것을 注意해 본 사람은 그 中에는 한 사람 업섯다. 求景하기에 (쏘 大砲 터질 것을 기대리면서) 눈이 팔여서 짝 소리 안 하고 느러섯든 것이다.

一種의 恐怖心에 갓가운 興奮된 발음으로! 十餘 방이나 넘은 大砲를 터주고 적은 銃을 數十 방 놋코 나선 公園 運動場 우에서 分隊敎鍊이 展開되엿다. 그것을 맛치고 나선 重機關銃 實彈 演習이 낫하나게 되엿다. ×江 가온대 모래로 된 三角洲 왼편 물을 보고, 連發을 한 機關銃 알은 물속에 쏴고 들어 물방울이 넷 다섯 尺 솟아 올낫섯다. 째는 午后에 時 演習은 다ー 끗나고 사람들은 제각기 패를 지워 소근소근 이약이들을 하면서 저녁 煙氣 휘도는 마을 속으로 헛터저버렷다.

公園 잇다 一쩍으러저가는 오막살이 집안에서는 일하다 돌아온 아버

지와 **쌜내하다** 돌아온 어머니가 숨겨가는 어린 것을 안고 아이고 아이고 울기만 하얏다. 나흔 지 열 달되는 첫 아들을 일혼 쓸아린 가삼을 안고 울엇다. 老婆도 울엇다. 운들 무슨 所用이 잇쓰랴. 놀내서 驚氣 나서 죽어버린 아해를!

『女性之友』 제2권 제2호(1930. 4).

一九三〇年度 文壇에 對한 希望과 建議

― 希望과 建議

무엇보담 몬저 文藝雜誌가 생겨나서 發表機關이 充分하여야 되겟다는 것입니다. 學生 文學青年 勞働者 農民과 接近하여질 文藝機關紙가 生産되여 評論 作品 集會 等이 만히 展開되기를 바랍니다. 이것에는 集團的 組織 體를 씌운 經濟的 條件을 完備한 雜誌와 出版業이 開始되여야 할 것이라고 생각합니다. 過去의 朝鮮 雜誌의 經營的 失敗가 이 經濟的 條件을 無視하고 出發을 하엿기 째문에 持續되여가지 못한 것이 만헛든 것이 안임닛가. 現 資本制度 아래서는 經濟的 條件 업시는 事業을 經營할 수 업다는 것은 어제 오늘의 問題가 안이요 是非를 차즐 째가 넘엇다는 것입니다.

其二는 一切 非푸레타리아적 反動分子와 인테리겐챠에 對한 徹底的 撲滅運動과 理論을 거듭 開始하여야 할 것입니다. 그리는 同時에 彼等의 非意識的 反動的 策動을 民衆의 압헤 暴露 식히며 社會에 害毒을 밋치고 잇는 것들을 根治하여야 할 것입니다. 이亦 어제 오늘 是니 非를 가릴 배 안이로되 昨今에 잇서서의 그들의 赤裸裸한 斷末魔的 盲動을 黙殺하고 잇기에는 시원치 못하다는 것이다.

其三은 一新進 無名作家들의 發表 範圍를 넓혀서 그것의 月評 時評을 激列히 하야 그들의 進出을 助成하여야 될 것입니다. 昨今 一朝鮮에 잇서서는 新興作家에 對하야 無關心하는 彼等 旣成大家로 自處한다고 잇는 우리들에 對한 抗爭的 進出을 敢行할 新進이 적은 것만은 痛憤히 녁

일 일이로되 發展過程에 잇는 朝鮮이라 偉大한 作家가 안이 나리라고는 누가 말할 것인가. 新進의 길은 新進 自體가 開拓 戰取하여야 할 것이다.

其四는 一詩 小說 戲曲 其他 一切 文藝的 牧穫에 對한 月評 時評을 盛大히 하여야 되겟다는 것입니다. 잘된 作品은 잘된 作品으로 올흔 理論은 올흔 理論으로 그른 것은 그른 것으로 一嚴正한 科學的 批判을 내루워야 할 것입니다. 그리하야 文壇的 空氣를 整制하여야 할 것입니다. 勿論 우리는 階級的 主張에서 一切의 非푸로레타리아的 雜同散異를 淸掃하고 나갈 것을 同志들과 갓치 말하야 둡니다.

그럿타 一우리는 歷史的 必然에 追從하는 發展過程에 잇는 ××民族이다. 그런 故로 보담 더한 特殊事情과 難關에 處하야 잇는 悲憤을 안이 늣길 수 업는 것이다. 그러나 未來의 새××社會를 確信하기 째문에 오늘의 寢寥를 能히 이기고 가는 朝鮮의 사나히다.

一九三〇年의 朝鮮文壇아 一 너의게 우리는 바랜다. 써一니씀을 標榜한 三面記事의 補助 役割을 고□는 低級 趣味雜誌의 文藝欄만으로 充當되지 말어라.

無標準 無責任한 編輯者의 손아구지에 짓밟히지 말어라. 文藝的 名譽慾에 汲汲하는 非科學的 無意識的 非硏究的 分子들의 駄文章으로만 補充되지 말어라. 組織一運動一成就一 이 세 가지로 貫되여 進展되여 나갈 新興文壇을 눈 압헤 글이며 붓을 놋는다.

　　　　　　　　　　　　— 一九二九. 一一. 二九日 —

『朝鮮講壇』 제2권 제1호(1930. 1).

新春當選歌謠漫評

◇─ 三社分 比較 合評

所謂 朝鮮에서 刊行되는 雜誌 처놋코 新進 無名作家를 爲하야 作品을 大大的으로 募集 紹介하는 것은 極히 적엇거나 全無하얏든 것이다. 그것에 對하야서는 文壇的 先輩들까지라도 無戰意하얏든 것이다. 다시 말하면 文壇 後繼人에 對한 關心이 적엇다는 것이다. 번적하면 文壇沈滯만 불으짓는 것이 그들의 文壇觀이오 前提가 되어왓든 것이다. 그들은 新進의 出現을 助成한다느니보다 도리어 귀치 안허 하기나 間或 佳作이 發表되드래도 黙過식혀버리는 것이 그들의 地位 保存이 되어오든 것이다.

이에 朝鮮의 言論機關의 最高 權威가 되어 잇는 各 新聞社에서 이 新進 無名作家를 爲하야 文藝作品을 懸賞募集하얏든 것은 큰 意義를 가진 것이며 新進의 出世門을 열어주엇다 할 수가 잇다. 그러나 一便 생각가면 그 當選된 作品이라는 것이 그러케들 佳作이 적엇는가 하는 疑心을 안이 할 수 업는 것이다.

그러면 順序를 쌀하 試評을 하야 보자.

詩 歌

나는 피리 부는 사람
崔昌燮(中外)

이 사람은 처음 나온 사람이다. 그런 것만큼 이 詩는 潑剌한 맛이 업고 한개의 象徵詩를 버서나지 못하얏다. (*21자 정도 원문 손상으로 미확인)면 大端히 柔弱한 抒情詩라고 볼 수밧게 업다.

해는 발서 하눌 마루턱에 올럿건만 아직도 개지 안코 大地를 휩싸고 잇는 이 안개를 피리를 불어 물리치랴는 原始的 잠고대에 더 지날 것이 업다.

作家는 안개를 이 世上의 罪惡으로 피리를 그것을 물리치는 武器(××的 行進曲)으로 비겨서 본 것 가튼데 그러타고 하면 그 象徵하는 것이 너무도 부드러워서 아무런 感激을 주지 못하는 것이다.

나는 피리 부는 사람이다 얼마나 非現實的 原始的 牧歌的이냐. 이런 것들은 十八世紀 노래이다.

달밤의 低唱
金英昌(中外)

나는 이것이 前者 피리 부는 사람보담 낫지 안홀까 한다. 求職者의 설움 憤함이 잘 나타가 잇스며 끗절의 『창가로 발을 더듬어 피리나 불럿드니 버들닙 짜기 前에 돌맹이에 손이닷네』는 相當한 技巧를 보여주는 것이다. 同時에 一種의 유-모어味가 잇서서 조타. 그러나 現實에 處하야 잇는 失職者를 불을진대 너무나 센틔멘탈한 것이 업지 안흘가 한다.

이것 亦是 한개의 묵은 感傷詩에 지나지 못한다.

젊은이
影涉(中外)

(*원문 손상으로 2행 정도 미확인)
재덤이속에서
새길을찻는
이짱의슬픔만은젊은이외다

라는 序詩 첫절을 내여노코는 나는 이 짱의 대장장이, 나는 이 짱의 젊은 농군, 나는 이 짱의 젊은 시인이라고 보쓴 것가티 간조런히 써내려간 것이다

맥이 풀어지고 크라이막쓰가 업서서 선하품을 할 만치도 잡을 것 업는 詩이다.

農軍이면 農軍, 詩人이면 詩人, 하나를 잡아내여 取할 곳 잇는 詩를 젊은이의 마음으로 써낸다면 좀더 조흔 것이 나오지 안흘가.

코고는 소리
李春憙(朝鮮)

나는 이 詩를 읽고 未來에 큰 詩人은 女性 中에서 생겨날 것이다라고 소리치고도 십다. 이 나라 이 땅의 젊은이의 가슴을 참 理解해주는 이는 그의 안해인 내로소이다!고 불으짓는 것에 우리는 눈물에 갓가운 感激을 늣기는 것이다. 이번의 新春詩 中의 第一位로 밀기를 주저 안이 하는 것이다.

그러나 朝鮮에 女流詩人은 나서기는 잘 하고 進展을 보여주지 못하는 것을 여태것 보와온 우리는 이 女性에게 길이 붓을 노치 말고 조흔 素質을 發揮하여 주기를 바래는 것이다.

이 『코고는 소리』를 우리는 階級意識을 가진 푸로詩로 評하기는 넘우도 不足함과 弱한 것을 엇더케 하랴(作者가 女性이 아니라면 『女性詩人 云云』은 無用의 말이 될 것이다).

내 어머님
李貞求(朝鮮)

나는 일즉부터서 이 詩人을 만흔 囑望을 가지고 보와앗는 것이다. 去年 學生詩에 當選하고 쪼 이번에 入選되엇는데 去年의 그것 그 後의 童謠 等에서 보든 것보담 큰 飛翔을 보여주엇다는 것으로 次後의 君의 더 큰 詩가 날줄 밋는 것이다.

그러나 이번의 내 어머님은(盟誓도) 한 개의 간열픈 民族的 意識에서 나온 人生派的 過去에 屬한 것밧게는 아모 것도 업다.

잉크병

金悶影(朝鮮)

잉크병 萬年筆 붓잡아 쎳는 내의 것이 彼此의 동무요 伴侶者라는 것인데 表現의 새로움은 잇서도 亦是 한 개의 偶意를 감춘 것밧게는 아모 것도 업다.

보앗는가

李雲精(朝鮮)

이것은 언제가의 朴芽枝 君의 詩에 비슷한 것이 잇다.

大自然의 生命的 躍動을 보앗는가라고 불으지즌 것이다. 보앗다 대답하면 그만 되어버릴 그 以上의 아모 것도 업다. 그러나 呼吸의 急激한 맛은 잇는 것 갓다.

◇…………◇

其他 佳作篇도 볼 만한 것이 잇다. 이래 놋코 보니 詩에 잇서서는 朝鮮日報의 것이 中外의 것보담 成績이 낫다.

그러나 좀더 特色 가진 이가 나서주엇스면 하는 感이 적지 안타. 그러고 朝鮮에 잇서서도 한번 評定한 사람은 相當한 待遇가 잇서야 할 것이요, 作家 自身들도 自重하여야 할 것이다. 그리하야 하로 밧비 더 조흔 詩壇의 進展이 낫타나야 될 것이다. 이에 잇서서 詩評이 좀 낫하나야 될 것을 切實히 늣긴다. 내 自身이 아직 아는 것이 적고 첫 詩評이라 未備한 것이 만흔 것을 多謝하는 것이다.

(*13자 정도 원문 손상으로 미확인)

리 開拓하여 進展식혀야 될 것을 오늘 朝鮮文壇에서는 自覺하며 戰取하여야 될 것이다.

童謠

동리의원

金貴環(東亞)

우리동리 차돌이 의원이라오
동리안에 이름난 의원이라오
압담밋테 흙파서 가루약짓고 풀닙따서 꽁꽁 싸서주지요
동리애들 병나면 솔닙침놋코 약한봉지 쓰면은 당장낫지요

어린이의 作品이라면 놀랄 만한 것이다. 솔닙침 놋는다는 것은 대단 조흔 技巧이다.

째는 봄. 봄에도 초봄 짯뜻한 양지쪽에 풀닙이 파릇파릇하게 짱을 뚤코 나올 째에 어린애들이 네다섯 모여 안저 방두갬이노리 의원노리들 하고 잇는 兒童의 天國이 눈 압헤 보히는 것이다.

조흔 동요다. 다만 조흔 동요다.

편지
朴古京(東亞)

팔랑팔랑 흰눈은
하느님편지
하도먼길 오누라
바람에 닥처
가닥가닥 찢겨서
내려온대요

二等되기 좀 不足함을 늣기게 하는 것이다. 한 개의 偶意를 가진 平凡
한 童謠다. 이것보다 金大鳳 君의『우박』이 낫지 안흘가 한다. 우렁찬 發
表에 조흔 素質이 보히지 안는가.

도라오는 길
鄭祥奎(中外)

鄭祥奎 君은 나의 가장 사랑하는 少年作家의 한 사람이다. 그는 階級
意識이 確立된 피오니-로이다. 工場과 農村을 題材삼아 無産派 立場에서
푸로童謠를 써주는 者는 少年作家 中에는 새힘社 동무들이요 그 中에도
이 鄭祥奎 君일 것이다.

이 도라오는 길도 한 少年職工을 題材삼아 쓴 것인데, 겨울날 지기 쉬

운 해가 少年이 工場에서 돌아올 때는 발서 저물어저서 어슴풀은 달빗만 반짝거려 주엇든 것이다. 빈 변도를 덜걱거리며 돌아올 때에 그의 설움을 짜내여 휘ㅅ파람을 불엇다는 것이다. 그는 將次에 朝鮮에 둘도 업는 童謠詩人이 되리라고 나는 祝願하기를 마지 안는다.

못쓰는 돈
玄東珠(中外)

길거리에서 못쓰는 돈을 주어가지고 죽은 동생 순애가 생각난다는 것이다. 돈 달라고 어머님께 꾸지람을 들어가며 눈깔사탕을 사먹고는 하든 순애가 생각난다는 것이다. 그리고 또 언제인가 그 죽은 순애가 못 쓰는 돈을 주어가지고 이 가개 저 가개 단이며 사탕을 못 사고 와서 울든 것이 생각난다는 것이다.

어린이의 純眞한 마음이 눈물지게 하는 무엇이 잇다. 더구나 童話體를 씌고나온 것만큼 技巧도 좃다. 하나 뒷절이 좀 重疊되어 잇는 感이 잇다. 되푸리하지 안토록 하엿드면 한다.

스무 하로 밤
尹福鎭(朝鮮)

이 사람의 童謠는 入選에서 보여주는 것까지 不祥을 늣기게 하도록 너적지근한 것들을 너무도 만히 보아왓든 것이다.

스무 하로 밤은 실 뽑는 어머니의 월급 타는 날인데, 밤이 저물어도 안 오는 것이 이 달 품싹이 모자라서 어듸서 걱정하고 계시는가 하는 조흔 경향을 보여주는 것이다.

기다리는 긔차
李甸壽(朝鮮)

지개섬을 열두번 돌아도 노랑벼를 하나둘 헤고 잇서도 기다리는 긔차는 안 오고 눈물난다는 것 그것뿐이다

시골
睦一信(朝鮮)

시골의 고요한 自然을 마을 기려낸 것인대 田園詩에 갓가운 純眞한 맛이 잇다.

장가간 별님
韓璟泉(朝鮮)

은하수를 타고 장가간 별은 조선에 다시 돌아오지 못한다고 노상 가튼 소리 가튼 手法이다. 더 무엇을 바랄 수 업다.

其他 佳作品이 잇지만은 評을 붓칠 必要를 안 늣기기에 그만 둔다. 이

번 童謠는 별로 조흔 成績이 안이다. 申孤松 氏의 童謠評과 그것에 對한 尖銳한 硏究가 잇는 것을 우리 童謠界로 보아 조흔 일이라 보는 것이다.

童謠에 잇서서도 自然詩的의 것 그만 童心 그것만의 노래와 階級的의 것이 잇는 것을 알어야 되며, 우리는 後者에 屬이 둘 中에서 더 조흔 將來를 期待할 수 잇는 것을 말하여 둔다.

— 一九三○. 一. 七四(*七日) —

『朝鮮日報』(1930. 1. 12, 14~15).

無名新人紙上大氣熖會

　實로 無名作家의 길을 開拓할에는 無名新人들 自身이 안이고는 업다
는 것을 늣긴 적은 우리들 晉州 其他에 散在하든 無名同志들의 發起한
新詩壇 同人會 째로붓터 늣겨오든 바이외다. 그리하야 期會만 잇스면 全
鮮 無名新人의 團結을 도모하야 보겟다는 決心은 念頭에 恒常 두엇슴이
다. 宋影 其他 同志로 朝鮮文藝를 始作하야 新進의 길을 넓혀볼가 한 것
도 資本主의 背信으로 休刊中에 잇고 一方 梁柱東 一派의 無名人에게 對
한 모욕을 밧어가면서 黙黙히 잇는 우리 無名新進들의 압길이 漠然하든
次 無名彈의 彈丸을 그들의 머리 위에 내두루게 되니 勝利는 반드시 잇
슬 줄로 思料함이다. 同志들의 健鬪 健筆로써 어서 어서 無名人의 先頭
에 새 길을 열어주게 합시다.　　　　　　　　　　　　　(晉州　金병호)

　　　　　　　　　　　　　　　　　　　　『無名彈』 창간호(1930. 1. 20).

내가 쓰고 싶은 文章

내가 쓰고 싶허 하는 文章은 目的意識을 가진 集團的 行爲를 글인 굵다란 線을 가진 無主人公的 描寫일 것임니다. 心境小說 身邊雜記 쎈치멘탈한 詩的 感興에는 새 時代의 呼吸과 科學性을 늣길 수 업슬 것이다.

하물며 푸로文學을 過去의 藝術 形式과 內容에다 屈從식힐 必要를 늣기지 안키 째문이외다. 그러는 同時에 엇더한 文章을 섯는 것보다는 엇더한 곳에서 取材를 하엿는가 그 內容을 엇더케 取扱하엿는가 다— 問題일 것이다. 다못 資本階級의 搾取 形態와 勞働階級의 悲慘한 狀態의 描寫만에만 끈칠 것이 안이라 前時代에 보지 못한 感覺的 新鮮과 科學的 潑剌다.

餘地 업시 暴露되며 地方으로는 藝術的 內容 統整과 마음 힘껏의 表現慾을 숨김 업시 噴出식힌 文章을 쓰고자 하는 것이다. 이에 잇서서 우리 露西亞의 콜키, 米國의 싱크레아, 日本의 小林多喜二 氏 等에서 비울 것이 만혼 것을 한말 하여 둔다. —(끗)—

『無名彈』창간호(1930. 1. 20).

四月의 少年誌 童謠

내가 여긔에서 取扱하랴는 童謠는 四月號 『별나라』, 『新少年』, 『少年世界』의 세 가지 少年雜誌의ㅅ 것이다. 朝鮮日報, 中外日報, 東亞日報 其他에 실린 童謠가 만히 잇지만 그것들은 넘어도 廣汎함으로 이 세 雜誌의 것을 取하는 것이다. 이번에 이 세 雜誌에는 우리 童謠界에서 가지고 잇는 童謠詩人의 全體的 動員이라고 할만치 旺盛한 것이 잇섯다. 大體로 보아 新興童謠(階級意識的의 것과 勞農的의 것들)의 進展을 意味할 무엇이 잇섯다는 것이 우리로서 대단히 질거워 할 것이오. 이것이 時代的 過程이라고 볼 수도 잇는 것이다. 벌서 純童心 그것만의 것과 自然詩的의 것들은 時代遲 되엇다는 것이 適切할 것이다. 그러면 順序를 쌀아 그 作品 個個에 들어가 此等 新興童謠를 批判하야 보자.

×

『印刷機械』 홍섭 (별나라)

인쇄긔계는 어제도 오늘도 봄이 와서 꼿이 피어도 새가 울어도 돌아들 간다. 옵바는 그 긔계 압헤서 기름 무든 옷과 흰 얼골을 가지고 저녁밥이 식어바릴 째까지 긔계를 쌀아 일을 한다는 것이다. 取材가 좃코 表現形式이 單純化되어 더 말할 餘地도 업는 산 童謠다. 單只 하나 기름 무든 해진 옷에 얼굴 희다우 -이것이 좀 어색한 것 갓다. 엇지 읽으면 기름이 옷에 뭇고 해진 옷을 입엇슬지라도 얼골만은 희다는 것가티 感受

되어 버리기도 쉽다. 嚴君 기름 무든 해진 옷에 창백한 얼골 -이러한 意味의 것이라면 좀 더 適切하지 안흘가 한다.

『비오는 거리』홍섭 (新少年)

多少의 哀調를 씌운 感이 잇다. 그런 것만큼 읽는 사람으로 하야금 感激에 북밧칠 만한 굿센 影響을 줄 수 잇는 것이다. 다만 哀調를 爲한 哀調에 끗치지 안흘 만한 效果들이 作者는 끗 구절에 잇서서 充分하게 나타내고 잇다. 비가 와도 쑤르조아들은 그들의 모-든 享樂과 搾取網을 펼처볼 양으로 왓다갓다 하는 것이 이 적은 童謠에 如一하게 나타나 잇는 것이다. 쏘 하나 질거워 할 것은 嚴君의 多少 槪念的에 흘으기 쉬운 그것에서 具體的으로 進展되어 잇는 것이다.

『불칼』孫楓山 (별나라)

하날에 불칼이 번적인다
무섭게 무섭게 번적인다
일하는 농부는 째리지말고
노는놈 상투나 배여가거라

얼마나 痛快한 童謠이냐! 얼마나 무게 잇는 諷刺이냐! 노는 놈 상투 ─ 상투를 진인 놈은 封建的 歷史性을 이제것 가지고 나오는 兩班 행세 하는 第一 可憎한 쑤르조와일 것이다. 孫君! 이 뒤에는 燕尾服 입은 놈의 넥타이를 잘라줄 童謠를 써다구. 이런 童謠라야 우리가 읽고 불으고 늣길 수 잇는 童謠일 것이다. 邁進해 나가기를 바란다.

『불붓는 지게』朴古京 (별나라)

엇던 나무꾼 아희가 나무를 지고 팔러 山을 넘어가노라니까 뒤에서
어린 동모가 급히 쒸어오며 여보소 불붓소 하기에 돌아보니 그 곳에는
놀고 잇는 어룬이 네 다섯 웃고 잇드라는 것 — 一種의 公憤性을 씐 興
奮을 늣기게 하는 것이다. 同 作品의『밤엿장사 여보소』와 가티 單純化
되어 잇지 못한 것이 遺憾이다.

『밤엿장사, 여보소』朴古景 (少年世界)

內容과 形式에 잇서 아울러 成功한 作品이라고 볼 수 잇다. 그러나 第
二節 四行에 가서 나를나를이란 나를 거듭한 것의 意義를 나는 알어낼
수가 업다. 이것을 두번 거듭한다고 내라는 게 强하야질 것 갓지도 안코
나란 것을 强하게 한다고 이 童謠의 價値가 올라갈 理도 업슬 듯 하다.
말하자면 形式에 拘束되어 달은 適合한 말이 업섯든 것의 逃避的 作品行
動이라고나 하야 둘가? 차라리 나들어서라는 意味의 말로 表現하엿드면
한다.

【종달새】宋完淳 (新少年)

엇지나 平凡 以下의 抽象物이냐! 종달새 제 혼자는 금북을 두다리든지
보리밧이 파랏타고질겨하든지 몰으겟다만은 보는 兒童의 눈에도 쏙 이
가티 빗칠 理야 잇겟는가 말이지. 아마 이 作者하고 종달새하고의 단둘
이의 잠고대라고나 볼가! 機械에 너허서 맛처 내는 것 가튼 形式, 內容

이에서 더 무슨 바랄 것이 업다.

『어머니 눈물』 鄭祥奎 (별나라)

讀者欄 中에서 第一 나흔 듯 해서 쏩아내엇다. 그러나 鄭君의 작품으로는 拙作에 갓가운 感을 준다. 눈물을 흘리는 사람은 弱한 者이라고 나는 늘 이 鄭君에게 부탁 삼아 말하야 왓든 것이다. 눈물을 取扱하지 말라고도 忠告하얏든 것이다. 눈물이 우리에게 굿센 힘을 준다는 것은 空想이 아니면 아니 된다. 勿論 아모 意識 업는 어머님이야 現實苦에 빠저 눈물을 흘릴는지도 몰으지만 쏘 그것을 보고 주먹을 쥐며 굿센 힘을 기루워보겟다는 決心만은 容許되겟지만은.

『新少年』 韓晶東 (新少年)

나는 이 童謠를 읽고 一種의 이 作者의 以前에 보여주지 못하든 새 늣김을 어덧다. 붉은 피가 되는 朝鮮의 新少年을 불러준 것 같다. 무엇인지는 몰으나 未來에 希望을 붓처줄 만한 무엇을 暗示한 것도 갓다. 그러나 이것의 다만 한 개의 民族主義的 過去를 되푸리하는 平凡한 그것박게는 아모 것도 차자낼 수 업다. 白衣! 이 소리가 우리는 듯기 실타고 할 수밧게 업다. 白衣를 입든 時代는 지내갓다. 오늘날의 現實的 朝鮮 兒童은 대개 黑色服裝을 하고 잇지 안혼가. 白衣를 取扱하는 것은 經濟的으로 보아서도 滋味스럽지 못한 것이다. 過去의 몽롱한 觀念으로는 今日의 兒童層에다 效果 줄 수 잇는 童謠를 制作立 수 업슬 것이다.

【봄노래】 韓晶東 (新少年)

이것은 보담 더 無氣力한 高踏派的 非現實의 藝術至上品이다. 닭의 다리 줄거니 배배, 물라고 솔개에게 부탁할 兒童은 朝鮮에는 업슬 것이요 世界에도 드믈 것이다. 솔개에게 물려주고자 自願은 안할 것이다. 이 얼마나 妄想的 虛無이랴!

【어름장】 春步 (新少年)

諷刺味가 잇서서 좃키는 하나 도련님이 애기 업은 것은 좀 不自然하다. 아니 어름에 빠진 것은 좀 殘忍하다.

【잉크병】 芳華山 (新少年)

이것은 그저 그런 平凡한 作品 ―그러나 어린애가 잉크병 깨틀인 언니에게 중얼대는 氣分만은 잘 나타나 잇다.

【봄노래】 洪銀杓 (新少年)

쪽 가튼 소리 쪽 가튼 形式 ―創作이라 붓칠 수 업는 過去에 千萬번 되푸리한 소리다.

【무장수의 노래】 崔仁俊 (新少年)

좃타. 무드렁무드렁 웨치면서 號訴하는 格으로 썻는데 썩 보드랍게 잘 내려갓다. 內容에 잇서서도 淸新한 맛이 잇다. 조흔 未來가 囑望된다.

【옵바 쩌나는 밤】 鄭祥奎 (新少年)

어머님 눈물보다도 훨신 조흔 作品이다. 이것에 이 作者의 참 것이 나와 잇다. 北間島로 쩌나가는 옵빠를 그의 누의동생이 눈물 지며 보내면서 말하는 것이 조선싸에 쏘다시 돌아올 옵바에게 그날을 期約하는 이 얼마나 애처러운 離別이며 意味 깁흔 밤이랴. 鄭君의 兄이 只今 北間島에 가서 우리의 일을 爲해 英雄的 ×中에 잇는 것을 나는 잘 안다.

【학교가 그리워】 李東珪 (新少年)

學校에 못가는 어린이의 설음을 잘 노래하엿다. 신문지를 끼고 학교에 가는 흉내를 내고 글이 쓰고 십허 가로 긋고 치 긋고 읽고 체조가 하고 십허 압흐로 압흐로 소리 치는 少年이 (우리의 現實에 잇는) 눈압헤 歷歷히 잘도 보힌다. 조흔 想 조흔 形式이다.

李聖洪의 비 마즌 문패는 童謠가 아님으로 評은 안 하나 이 作者의 少年詩에는 조흔 傾向과 呼吸이 보힌다. 取材 方面이 現實에 立脚되어 未來에 조흔 것을 나흘 줄 밋는다.

『버들피리』 朴正祥 (新少年)

平凡한 것이다.

『나물 캐러』 孫桔湘 (新少年)

봄이 새봄이 돌아왓스니 우중충한 골방에 들어잇지 말고 굼주린 배들 안고 울지만 말고 바구니 끼고 칼 한 자루 들고 봄들로 나오너라 나물

캐러 나오너라 동모들아 새希望에 새봄과 가티 살아가며 싸우자는 블으지즘이다. 새힘社의 동무인 만큼 題材와 作品行動이 무리를 쮜여넘는 것이엇다. 孫君은 只今 勞動夜學을 獻身的으로 支持하고 잇다.

『개고리잠』尹石花 (新少年)

自然詩的 單純한 平凡한 것이다.

『봄비』成慶麟 (新少年)

어느 어린 女工의 노래라 하얏는대 좀 不自然한 빗치 보힌다. 옵바가 우산을 공장에까지 갓다 주는데 무엇이 붓그러워 바들가 말가 하나. 옵바와 둘이 가티 밧치고 가면 그만이지. 그러나 어린이들의 純眞한 맛이 보여서 좃타.

【공장의 엄마】李在杓 (新少年)

공장에 나가시는 엄마가 밥을 굶어 오늘 아침엔 열이 나고 병드러 누엇다. 공장에 싸이렌은 엄마 출근시간을 알으켜 주겟지만은 우리 엄마는 못 간다. 그 병이 쏘 어적게 베틀에 올나안자 베짜다 닷친 것만큼 工場이 나흔 病일 것이다. 五錢짜리 고약조차 못사 붓쳐주는 아들의 마음을 어데다 비하랴. 工場主 감독이 겁도 나고 해직될가 념려도 되지만 우리 어머님은 병드러 못간다. 어린애는 외친다. 얼마나 適實한 體驗에서 생겨 나온 조흔 童謠이냐. 이 李君은 날마다 재갈을 저날러 살아가는 勞動少年이다.

이래 노코나니 내가 取扱하랴고 한 作品은 다 것처 왓는가 한다. ×君

아 하고 作者 自身에게 對話하는 것처럼 한 것은 내가 그들에게 그럿케 불으리만치 感動된 것이 잇섯기 째문이다. 이런 것들을 가지고 엇던 評者然 하는 評者의 말 —私事感情 云云은 決(* '코' 탈락) 업섯든 것을 宣言하야 둔다. 너무도 童謠에 對한 卑劣한 評言이 混亂되어 잇섯는지라, 이런 붓을 들기도 그런 雜類들과 석겨지기 실허하는 마음으로 不肯하는 배 잇섯스되, 우리는 올흔 길을 開拓하여야겟다는 覺悟가 붓을 아니 들지 못하게 하엿다. 그러고 쏘 이번 달에는 前에 못 보든 童謠 作品이(그 中에도 新興的의) 만히 나타나서 이러틋 장황한 平凡評이 되고 말엇다.

　　　□□□謝多謝

『朝鮮日報』(1930. 4. 23, 25〜26).

最近童謠評

一. 前 言

내가 四月 童謠評을 發表한 뒤에 自稱 藝術의 極致品 製作者(卽 藝術
至上主義者) 韓晶東이가 참으로 아히들 잠고대에도 갓가운 구역질 나는
짓둘걱둘한 雜言을 히롱함이 잇섯다. 韓晶東이는 우리 新興童謠 作家도
아니요 또 그 雜言이 論議할 만한 對象까지도 되지 못할 것이엿음으로
그저 沈黙하여 버리려 햇스나 여러 同志들의 勸告에 못이겨 「藝術至上
主義者의 正體」란 韓에 주는 反駁文을 썻든 것이다. 그래서 ×日報에다
보내엿드니 ×××× 反動 新聞인 ××日報에서는 그 反駁文을 쏘이코트하고
말엇는지라. 期會 보와 한번 더 붓을 들야든 次에 마침 同志 申孤松 君
을 만나 여러 가지 文壇事를 이야기하는 다음에 韓에 對한 意見도 말한
다음 六月 童謠評을 둘이서 썻든 것이다. 그 合評 中에서도 韓이 귀 뜰힌
者이면 넉넉히 알어들을만 하도록 말하야 두엇든 것이다. 그러나 그 評
文 亦 여러 사람이 보와 줄 수 잇도록 ××日報에다 申君의 손으로 보내엿
드니 철저적으로 反動하랴는 ××日報에서는 그 合評文까지도 亦是 쏘이
코트하고 말엇든 것이다. 그러나 나는 그를 黙殺하여 버리는 것도(그는
우리 同志가 되여질 餘望이 업슴으로) 相關 업으리라고 밋는다. 이 六月
童謠評의 붓을 드니 그 따위 것들까지도 다시 생각이 나서 이곳에서 쏘

한번 더 굿세게 藝術至上主義的 童謠 撲滅에 밋치여 볼가 한다. 그러나 이번의 童謠도 亦是 新興的의 것이 進展 諷刺한 맛을 더하야 갈 뿐인데야 엇지 그런 것들(韓晶東 等 몃 個人)에게 對한 우리의 勝利가 안이랴ㅡ.

二. 童謠評

별나라의 分

◎ 初夏行進曲　우리 별나라 同人 合作品인 것 만콤 新興童謠의 갈 길을 表示하야 준 것의 하나이라고 본다. 無慈悲 ×××들은 커가는 少年들까지도 몰아들여서 그들의 연약한 에넬기ㅡ까지도 ××하고야 말아든 것이다. 그러나 이미 世紀는 그 올은 길을 것기 始作한지라. 그들 少年職工들은 ××하는 힘과 ××하여서 이겨낼 勇氣를 가짓는지라. 연기 업는 연통을 뒤에다 두고 맑개 개인 初夏의 거리 우로 우렁찬 ××行列을 지어 行進하고야 말앗든 것이다. 이 얼마나 壯快한 일이냐. 이 뒤에도 더 만이 合作品이 生産 進展되기를 바랜다.

◎ 비밀상자 雨庭(梁昌俊)

梁君의 童謠를 오래간만에 對하게 된다. 以前의 그것보담 急進的 進展(이데오로기ㅡ에 잇서서)을 보여주는 것은 한갓 질거워 안이 할 수 업다. 이것은 ×××××인 옵바가 비밀을 직혀오든 아모도 차저낼 수 업는 그 상자를 ×××× 교모하게도 차저내여 갓을 때 邑에 계신 옵바에게 어서 이 말을 傳하야 들어야 되것다. 비바람이 치부는 이 밤중에라도 달여가 옵

바를 求하겟다는 나 어린 누이동생의 勇敢한 決心을 나타내여 잇는 一步
前進한 조흔 童謠다. 着想과 取才方式에 잇어서 敢히 달은 作家의 미치
지 못할 무엇이 잇다.

◎ 우는 꼴 보기 실혀　鼓頌

申君의 童謠는 單純化 되여 잇는 것이 그의 特性일 것이다. 그리고 皮
肉的 諷刺味가 잇는 것도 特性이다. 지개 지고 나무하러 가는 나를 괜이
욕하고 가는 미운 놈 아들놈을 한대 갈겨주고 □□ ×××샛기의 연악한
그가 우는 꼴이　□□□□□　□□□□□하기는 소 등에 코가 닷코　□
□□□□　□□□諷刺味를 늣기게 한다.

◎ 아아 누나의 얼굴 다시 볼 수 업슬가　海剛

늘 말하는 해강의 多少 抽象的으로(로-맨틱한) 흘으기 쉬운 難澁한 그
것에서 具體的 敍事詩形을 取하여진 이번의 것은 조흔 傾向을 보여준다
고 본다. 그러나 좀더 單純化하여져야 하겟고 兒童生活 童心에 接近되여
지기를 바란다. 말하자면 이런 것은 中學生 程度가 안이면 讀解할 수 업
슬 것 갓다.

◎ 脫走一萬里　朴世永 孫楓山 嚴興燮

連作 敍事詩의 첫 試驗인 것만콤만은 興味를 가지고 보앗다. 그러나
다— 읽고 머리 속에 남는 것이라고는 別 다른 것이 안이라 題目과 갓치
脫走一萬里를 한 것밧게는 別 다른 것이 업다. 그러나 고리쇠의 意識的
進展과 ××生活로 들어가는 過程만은 認識할 수 잇다. 朝鮮 兒童과 臺灣
兒童들이 結合된 것은 처음 보는(作品上에서) 것의 하나이다. 이와 갓튼

試作도 거듭하야 가는 동안에 조흔 將來를 촉망할 수도 잇을 것이다.

◎ 池壽龍의 일군의 노래는 일하는 사람의 希望과 걸어옴이 如一하게 잘 나타나 잇고

◎ 金光允의 파랑새는 너무 病的 쎈치멘탈한 氣分의 것이다. 어미새 죽은 것을 설어해 딸아 죽는 파랑새는 時代苦의 動物이 안일가 한다.

◎ 朴古京의 동생의 깃째도 어린아히의 한갓 심란하는 것을 그려낸 것밧게는 아모 것도 업다. 무엇을 暗示할야는 形式의 童謠도 時代遲다 間接의 아지푸로的의 것이라야지.

◎ 李在杓의 夜學은 勞動 少年들의 배우라는 熱誠의 길이 나타나 잇다. 李君은 晋州邑에서 한 三마장이나 먼 夜學校 指導者로서 밤마다 늣도록 그들을 가르치며 낮이면 재간 실는 勤勞少年이다. 피오니-르들의 몸 우에 祝福 잇으라.

三. 新少年 分

◎ 녀름밤　嚴興燮

幼年 童謠인 것만콤 이것에서 이데오로기-를 問題삼을 수는 업지마는 녀름밤의 로맨틱한 情景만은 잘 늣길 수 잇다.

◎ 망아지　雨庭

現下의 客觀的 情勢로는 인테리켄차나 小뿌르的 色彩를 가진 것들은 걸핏하면 買收 당하기 쉬운 일이다. 이 동요는 兒童 中에서 ×××× 석동이와 놀지 말자고들 맹세해 놋코는 양과자로 꾀우는 판에 그만 망아지가 되어서 미운놈 아들 석동이를 태워줘씨 째문에 동모들에게도 일너주어야 하고 어머님쎄 말하야 매도 맛처야 할 것이라는 것이다. 單純化되여 잇는 조흔 童謠다.

◎ 피리 부는 동무 업스니 鄭翼北

이것저것을 羅列하는 것으로는 詩가 안 된다. 너무 感覺的으로 기우러젓고 形式도 散漫하다. 그러나 衰滅 당하여 가는 農村의 恨歎만은 엿볼 수 잇다.

◎ 먹방 속의 父子 李聖洪

래일이란 우리의 그날을 압헤 두고 병들어 누어 있는 아버지에게 조개고약 한 개를 어든 그 아들은 먹방 속에서 □白(貧困과 ××의)을 거듭하는 것이다. 우리에게 來日이란 希望의 날이 잇기 째문에 모-든 억울함을 이기고 나가자는 생각이다. 그러나 너무 좀 장황하기는 하다.

◎ 孫桔湘의 쩌드는 아희의 노래

×××하는 階級은 일을 부즈런히 하야도 살 수가 업다. 가난하기는 매일반이다. 홀버서가며 굼주려가며 일년 동안 지은 농사가 거름갑 무슨 갑으로 쌧기고 마는데 하물며 가무름까지 들고 보니 량식쌀 한 섬도 지주가 ×× 다 버리고 나니 살길 차저 쩌나지 안을 수 업다는 것이다. 이런 取材 內容은 발서 여러 번 불녀진 듯하다. 새롭은 맛이 업다. 더 좀 深刻

味가 잇는 것 淸新한 것으로 飛躍하라.

◎ 朴正祚의 누나는 굴캐러 한번 더 읽게 하는 무엇이 잇다. 新聞엣 것은 안이지만 조흔 것이 나어질 것을 속만한다.

◎ 왁새 덕새 韓晶東

이것도 韓晶東의 自稱 鄕土味가 담북 실인 藝術의 極致品인가 보다. 藝術의 極致品이 안이라 藝術의 極致品이라도 우리는 이것들(得來되여 온 것이고 안이고 간에)을 過去의 ××藝術과 한 가지로 埋葬 掃退하고야 말 것이다. 웬 쏘 이 사람의 童謠에는 불이 그리 잘 붓는지 몰나 消防隊를 불너서 물배락을 줄 수밧게는 업겟군— 沒落하여가는 ×××와 한 가지로 自滅의 길을 하로라도 쌀니 하여라.

◎ 睦一信의 개고리 우는 밤 센치멘탈한 아모 바랄 것 업는 取할 곳 업는 것이다. 自然詩的의 그것까지도 업다.

◎ 아가야 울지마라 朴奇龍

運命論的 根低를 가젓기 째문 새것이 못 된다.

四. 새벗의 것들

◎ 少年工의 노래 宋完淳

宋君이 요지음 와서 푸로童謠를 써볼여 하는 形態는 보인다. 그러나 모도 다 失敗하고는 말엇는 것을 엇지하랴. 中外日報에 發表하엿든 돌맹이가 그랫고 이 少年工의 노래도 그러하다. 少年工이 그렷케 연弱하다가 죽어가는 것으로는 도로혀 少年工을 中傷하는 것밧게는 안 된다. 비단옷 입은 놈들이야말노 휘청휘청하도록 톡 ×버리면 곳 잡바지 ×을 것 갓치도 虛弱함에 反하야 少年職工들은 勞動함으로써 굵다란 팔 다리 힘센 身體의 所有者일 것이다. ××××××들쯤이야 네댓 달 나들이야 잘 당직할 수도 잇다. 그러나 숏절에 가서 비단옷과 고기 살진 아히들이 우리들의 것을 하여서 그러치 하고 多少의 暗示的 表示는 잇지만 그리 새롭지도 못한 것이다.

◎ 분푸리 南宮琅

이것도 ××××××의 살진 것 최참봉이 아버지 째린 것이 잇으나 亦是 宋完淳 君과 가튼 傾向의 것이나 多少 挑戰的 效果를 엿보여 주는데 取할 것이 잇다. 살이 쪄도 햇살 �찟고 압바를 째려도 압바가 기운이 모자래 그런 것이 안이라는 데까지 아지 푸로的 進展이 잇서지기를 바란다. 南君의 各 新聞紙上에 너저분한 것을 함부로 發表하는 것은 도리혀 童謠作家的 威權을 내루트리는 것인 줄 알어야 된다.

◎ 玄東炎 뒤집 우산은 그럴 듯도 하지만 신쟁이 영감집으로 누나가 비 오는데 남의 집 심부럼 하고 잇는 누나가 무슨 돈으로 신을 사러 갈 수가 잇는가 말이야. 뒤집 신부럼 하다가 뒤 비트린 우산이면 집에나 돌아와 엇써케 할 일이지 이대를 가기는 무얼 하러 가드란 말인고. 너무 空想的이요 주(* 10자 정도 확인 안됨)하는데 조혼 영감일싸 사정을 하면 허무러진 우산을 곳치줄가 한 것도 되지 못했다.

◇ 申善子의 모심으기도 抽象的 아모 感興을 못 주는 것이다.

○ 싸우러 가는 개미 孫桔湘

동모를 일흔 개미가 동모의 報復으로 용감스럽게 쌈하로 간다는 것 무엇을 검 잡을나다 못 잡은 것 갓튼 서운함을 남겨준다. 더 具體的으로 더 深刻하게 한 거름 더 나아가라.

○ 金光允의 봄비 平凡한 스케치요 늘 하는 소리고 바랄 것 업다.

○ 朴鳳澤의 할아버지 생각 죽은 사람을 追憶하는 時代遲한 멋 千萬번 해오든 소리.

○ 高文洙의 적은 갈매기 말할 아모 것도 못 되는 헛 조희만 버린 것이다.

五. 少年世界 分

○ 우리 누나 朴仁範

貴公女의 할소리다. 아무 것도 바랄 것도 取할 곳도 업다. 까치 샛기를 무엇이 허무럿는지도 알 수 업고 죽엇는지 살앗는지도 몰으겟다. 그리 쉽게 울 수 잇는 누나는 눈물산에 甚□찐 貴公女밧게는 안 된다.

△ 큰비 나린 날 李久月

李君의 散文詩다. 그리 新奇롭지도 前進한지도 몰으겟다. 요지음의 李君의 童謠들은 거진 다 ××를 當하는 모양인데 더 큰 飛躍을 바래 오든

次 이것은 多少 期待에 어그러진 것이다. 第四節까지는 아모 것도 업섯
스나 第三節 二行으로써 모다를 살녀낸 感이 잇다. 그러나 이런 것들은
것싯하면 抽象的으로 되기 쉽고 四漫하여지기도 쉽다. 엇잿튼 李君의 새
飛躍과 進出을 期待하자.

△ 첫 녀름 崔壽煥

그저 늘 갓혼 淸新味 업는 平平凡凡한 것.

학교 길에서 東炎

누군가 몬저 이런 內容의 童謠를 發表한 것을 읽은 記憶이 꼭 잇다.
누구라도 좀 일너주게나. 아모 新奇롭잔은 것이지만은 모도들 獨創的 作
品을 내여놋토록 힘써주기를 바란다.

懷抱 鄭雲波

무슨 잠고덴 줄 몰을네라. 崔壽煥 君의게 보낸다 햇스나 이런 것을 밧
는 이도 感興을 못 늣길 것이다. 무슨 소린지?

少年世界의 童謠들은 모도가 우리 童謠界에서 레밸 以下 無節操한 것
들이 만타.

이것은 編者가 童謠에 理解가 업는 까닭인가 한다. 늘 보와 오지만 하
나도 씰 것이 업섯다.

△ 金光允의 흐르는 江물 그저 그런 것 더 무엇 바랄 것 차저낼 것
이 잇서야지.

△金樂煥의 울아버지 미워는 多少 取할 만한 자미스러운 것이다.

그렇치 잘 못하는 아버지면 미워만 할게 안이라 곳치 주어야지.

△工場 누나에게 孫桔湘

싸우러 가는 개미보담 훨신 좃타. 孫君은 童謠보담 少年詩나 散文을 쓰는 게 나흘 것 갓다. 이것은 썩 잘 되엿는데 紋事詩的 效果를 充分하게 담어부엇단 말이야. 詩로써 成功된 것이다. 더 前進하기를 勸한다.

以上으로 六月의 童謠評를 通하야서의 童謠는 꼿치 낫다. 韓晶東과 少年世界에 作者와 其他 二三을 쎄여놋코는 모도가 新興的 氣分을 끽고 잇는 것이다. 우리 新興童謠 作家 ××의 勝利될 것이다.　　謹呈筆 一步前進一하야 □□

一九三〇. 六. 二九.

『音樂과 詩』 창간호(1930. 8. 15)

죽어진 詩集

訃告
詩集 『機關車』君七月四日藥石無效死去故玆以訃告
七月八日

이것은 동무 金昌述君이 나의게 보내준 葉書이다. 우리 詩壇에서 가장 健實한 步調로 邁進하고 있는 昌述君이 뜻을 갓치하야 그亦 勇進하고 있는 金大駿君과 둘이서 詩集 『機關車』를 만든다는 消息을 들은 지는 발서 한 三個月 前인 듯하다. 原稿를 提出하기는 月餘가 되엿다고 兩君으로부터 片紙 올 때마다 잘 通過되여 나오기를 그윽하게 期待리는 것으 늘 말하야 왓든 것이다. 그것은 다음의 그들이 나의게 준 私信의 몃 구절에서 엿볼 수가 있다.

그 『機關車』는 昌述兄이 編輯을 맛처 提出한 모양인데 엇더키 잘 通過되여 나올 수 있을가요. ─海剛─

그리고 海剛과 共裝 詩集 『機關車』를 不日間 原稿 提出을 해볼 作定인데 파스가 問題입니다. ─昌述─

『機關車』는 提出햇는데 無事히 파스하기만 기대립니다. 六分의 希望은 있으나 알 수 없는 건 그것입니다. ─昌述─

詩集 『機關車』는 一個月이 훨신 넘어도 消息이 없습니다. ─昌述─

이보다도 올해 前에 昌述君은 處女詩集 原稿 『熱狂』을 提出하였다가

송도리체 押收 當한 일이 있엇는지라, 詩集 『機關車』를 提出하여 놋코도 몹시 通過에 對한 疑心을 거듭하엿는 듯 십다. 그러나 그가 合法的으로 通過되도로록 編輯하지 안흔 것도 事實이요. 무슨 哀願하는 格으로 그것의 파스를 期待리든 것도 안일 것이다. 그것은 쏘 그의 最近의 나에게 준 私信 中의 몃 구절을 보면 넉넉할 것이다. 前略

大潮에 보면 나의 詩 「파도치는 淀川」이 그만 쏘 못보는 애조를 햇나이다. 阿阿ー……….

그러나 쏘 大公(大衆公論)에 「주림이란 무서운 소리다」와 푸로音樂과 詩에 「아순대로 아서 보아라」를 보냇나이다. 그것도 疑問입니다. 나올는지가ー

그런데 우리들은 이……×에 水準은 나추어써야 할가가 逢着됨니다. 八峰의 말맛다나 檢閱을 머리 우에 언고 쓴다면 몰으거니와ー 지금 내가 쓴 것도 어느 程度까지는 생각하고 쓴 것이로되 通過되지 안는 것임니다. 그보다도 레벨을 나춘다면 언제 우리들은 ×××作品을 生産할가요.

모든 것을 다 버리고 生産된다면야 그것이 社民主義의 墮落일 뿐이 아니겟습니짜! 그건 못할 일임니다. ××일 뿐임니다.

이 몃 구절노도 昌述君의 얼마나 詩作에 딱한 態度가 眞美한 ……인가를 알 수가 있을 것이며 그 所謂 發表하는 것만으로 우리들의 任務를 다한 것으로 알어오는 社民主義者들과 달은 것을 알 수도 있다.

詩集 『機關車』는 죽엇다. 그러나 金昌述君과 金大駿君은 健在하여 있다. …………의 御用詩集 百개 千개 나도 우리로서는 아모 所用이 없다. 우리들의 二大詩人의 處女詩集일 것이요, 朝鮮에서의 最初의 ××詩集이 되여줄 『機關車』君은 ………… ××구지에서 ×어 버렷다. 우리는 여기서

哀惜하다는 言辭를 쓸 수 없다. 웨- 그것은 ××한 일이엇슴으로이다. 그
곳에 우리 詩人의 面目이 있으며 우리 詩의 未來性이 있기 째문에-.

詩集『機關車』는 죽어젓다. 그러나 그 機關車가 온대는 많은 石炭을
재여놋코 두 機關手는 熱情의 끌는 불노 ××을 바라보고 바야흐로 前進
을 始作하라든 것이다. 다만 조고만한 故障으로 말미아마 그 出發의 時
間이 좀 느저젓을 따름이지 前進하고 말 機關車는 未久에 많은 …………
를 ×고 ××로 向하야 勇進하고야 말 것이다. 그때에 進行를 始作한 ×××
를 막을 者 누구랴.

우리들의 레-루는 ××를 連結하야 있는데- 그러면 ×××의 ×××가 天地
를 振動식힐 汽笛소리 울일 날까지- ……의 붓을 ×으로 밧굴 그날까지-
兩君의 健鬪 健筆을 빈다.

—七月 十日—

『朝鮮之光』 제92호(1930. 8. 18)

最近童謠評

一. 前言

이 곳에 評할 童謠는 主로 少年雜誌 七八月號 中의 것이다. 이제로부터 우리 新興童謠들은 完全한 勝利의 길을 向하야 邁進하기를 始作하엿다. 우리는 이로부터 그것의 形式 問題와 藝術的 價値論에까지 進展함으로써 建設期에 들어서지 안으면 안 된다. 同志들아 自重하라. 그러고 一步 더 前進하라.

二. 新少年 七月號分

◇ 嚴興燮 君의 「앵도 두 개」는 ―아모리 幼年童謠이기로니 우리는 目的意識 업는 것은 우리 童謠로 認容할 수 업다. 먼첨 號의 녀름밤과 이것은 完全한 自然詩的 藝術品밧게는 아모 것도 안 된다.

◇ 旅人草 君의 「호박꼿」. 多分의 感覺性을 찐 藝術品이다. 부역 나간 웨아저씨를 마지하러 비단초롱을 뱅뱅 돌리면서 나간다는 것에 自然生長的의 兒童의 純情을 엿볼 수 잇다.

◇ 金炳昊의 「비온뒤」도 自然生長的 田園詩다. 이 뒤에는 이런 것을 안 쓰리라고 내 혼자 赤□하며 웨 이런 것을 썻든가 하며 후회한다.

◇ 申孤松의 「검은 얼골」은 조흔 氣分으로 나가다가 크라이막쓰에 達한 지음에서 下略이 되어버린 것은 앗가운 일이다. 검은 얼골의 所有者는 未來의 社會를 戰取 建設할 피오니―ㄹ이다. 노란 얼골 흰 얼골로 방

구석에 누어서 알키만 하는 놈들을 잘 웃어주엇다.

◇ 朴麟浩(朴轍) 君의 「수염과 배」는 참 좃다. 痛快한 諷刺味가 잇고 表現도 單純化되엿다. 이 동무의 童謠로는 처음 보는 것이로되 조흔 將來가 囑望된다.

◇ 韓晶東 君의 「이상한 달나라」는 未安한 말슴이지만 藝術品으로도 拙劣한 것이다. 韓晶東 君의 童謠는 詩에 잇서서의 金岸曙의 그것과 가티 無感覺 無能力한 過去로 退步하는 細工이다.

李周洪 君(發表名 芳華山)의 「수박」 대단히 조타. 意識을 가지고 잇는 피오니ー르는 自然의 現狀 우박 썰어지는 것만 보아도 부르조와에게 對한 戰鬪心이 촉발되는 것이다.

梁雨庭 君의 「山에서 불은 노래」는 散文詩的 敍事品이다. 그 內在되여 잇는 事實과 感情이 農村 兒童의 生活狀態와 그것의 指導者의 困難을 實質的으로 描寫하얏기 째문에 實感을 줄 수 잇는 우리의 詩다.

◇ 李聖洪 君의 「暴風雨 넘으로」는 實感을 주기 위하야 一部分 큰 活字를 쓰고……點 ? 等을 쓴 것은 暴風雨의 現狀을 表現하는 方策이라 볼 수 잇스되 너무나 四漫하고 無□□하야 暴風雨의 그것과 가티 것츨고 싯그럽다.

◇ 車紅伊 君의 「採鑛夫」는 놀나울 만한 實感과 描寫로부터 相當한 效果를 얻은 수 잇는 좋은 詩다. 부즈런에 딸은는 가난업다는 말을 엇던 놈이 하엿느냐고 하는 끝조짐에는 無理한 詩人의 手法이 엿보인다.

三. 별나라 七月號分

◇ 申孤松의 「바다의 노래」는 바다의 莊嚴한 氣分을 힘차게 노래한

것이다. 戰鬪的 前衛的의ㅅ 것은 못 된다.

◇ 韓晶東 君의 「바다와 바위」 千萬번 달여드는 급한 물결을 비웃는 듯 혼자 서서 나종까지 싸와 익이고 라고 한 곳에서 個人主義的 英雄主義的 超人間的 藝術至上主義者의 正體를 엿볼 수 잇다. 그 內在되여 잇는 語句와 形式도 묵은 것이다.

◇ 金炳昊의 「바다의 아버지」는 漁村 勞働者의 搾取당하고 잇는 形態를 暴露한 것밧게는 안 된다.

◇ 嚴興燮 君의 「서울의 거리」는 서울의 거리의 싯거러운 것 混亂한 것 世紀末的의 氣分밧게 안 준다. 嚴君의 동요가 차……아지푸로的 效果를 消失하여 가는 것은 큰 변동이다. 自重하라.

◇ 李久月의 「조심하서요」는 □信工夫에게 對한 同情心밧게 안 된다. 機械에 殺傷 當한 것은 被殺傷者의 一時的 過失에 不過한 것이다. 社會主義 社會에 잇서서도 機械文明은 더 잘 發達되여질 것이요. 但只 設備가 完成되여 過失됨이 적어지게는 할 수 잇슬 다름이다.

◇ 少年文藝 團體 作品은 하나도 출어낼 것이 업다. 새힘社 동무들의 것이 좀 나 잇스나 요지음 와서는 그들의 것도 볼 수 업스며 쓸해진 것 갓다.

四. 별 八月號分

◇ 「멧둑이 방아」 朴世永君의 童謠는 取材는 조흐나 體가 材를 容치 못하는 感이 잇다. 첫 절에서 풍년들가를 祝福하는 것 가튼 것이 二節에 가서는 배나무를 갈가 먹고 우리 집을 못살게 하느냐고 한 것을 좀 어색한 것이다. 좀더 □的으로 率直하게 되어지기를 바란다. 말과 表現 方式

에 잇서서는 남에게 뒤지지 안을 만한 技能을 가지엿다.

◇ 尹石重 君의 「낫선 집 한채」는 原始生活이 機械生活에게 搾取 當하는 것을 말한 것인데 무엇 새로운 發見도 안이고 우리 感情을 노래한 것도 못 된다. 社會主義 社會에서도 機械文明은 더 잘 發達되여야 한다.

◇ 申孤松 君의 「미럭과 장승」. 더 말할 수 업는 成功된 作品이다. 그 比喩法이 익숙하여서 모-든 것이 整然하게 分明하게 잘 나타나 잇다.

◇ 朴轍 君의 「부처」도 申君 것과 가튼 取材 가튼 感情을 노래한 것이나 이 作品의 原稿를 본 일이 잇는데 四節로서 되여 잇든 것이 二節로만으로 略되여진 것을 앗가워 한다. 그러고 불으고자 한 感情만은 이것만으로도 充分한 것이다.

◇ 朴古京 君의 「저 꼴을 보라」는 自己짠은 퍽 美妙한 것을 發明하려한 것 가트나 아모 것도 所得하지 못 하엿다. 이 作者의 新聞紙— 等에 甚作亂 發表하는 것들도 보잘 것 업다.

◇ 玄東炎 君의 「쌕국새 우름」 쌕국쌕국 우는 것은 밥과 국을 걱정안 하려면 농사하라고 운다는 것은 奇拔하다. 그러나 일해도 밥과 국을 걱정하는 사람이 만흔 것을 이 作者는 意識 못 하얏다.

◇ 金練甲, 李龍爕 合作의 「얼골 노란 동무」는 얼골 노란보담 얼골 검은 동무라 햇스면 조켓다. 노란 것은 病者를 意味함이요 검은 것은 勞動少年을 象徵하엿기 때문이다. 그로 全體로 보와 아모 늣길 것이 업다. 合作하야본 試驗은 족하다.

五. 音樂과 詩에서

◇ 李向破(周洪) 君의 「편싸흠노리」는 잘된 童謠라고 본다. 率直 明快

하야 잘 불너질 수 잇는 것이다. 널리 農村 少女의게 宣傳되기를 바란다.

◇ 孫楓山 君「거머리」도 單純化되여 잇는 得意의 것이다. 부자집 논에서 놀고 먹는 거머리는 불으조아의 使命이요 모 심으는 아버지 피를 쌔는 거머리는 搾取者를 意味한 것이다. 널리 불너져야 할 것이다.

◇ 李久月 君의「새 홋는 노래」는 李君의 作으로 첫 손구락을 쏩을 만한 것이다. 우리 童謠 中의 佳作 中의 하나이다.

◇ 梁雨庭 君의「알롱아 달롱아」는 조흔 民謠다. 무엇보다도 리듬이 조코 形式의 整制가 잘 되엿다.

◇ 申孤松 君의「고초장」은 別 다른 것은 업다. 貧民兒童의 배곱하서 고초장 먹은 것을 同情함에 불과하다.

六. 新少年 八月號 것들

▷ 金炳昊의「모숨기」. 이것은 나의 得意의 作이다. 平凡할넌지 몰으겟지만 내가 볼을나고 한 것만은 다— 남김 업시 表現할 수 잇섯다.

▷ 申孤松 君의「잠자는 거지」는 거지에 對한 同情이다. 그러나 弱한 者가 强한 者를 도으는 말하자면 無産階級의 道德이라 할 수 (*잇)섯다는 것을 늣기게 한다.

▷ 嚴興燮 君의「다섯 가닥 電信줄」은 퍽 이름이 조타. 形式의 조흔 技巧를 보이여 준다. 그밧게는 아모 것도 업다. 아지프로的의ㅅ 것은 못 된다. 嚴君의 요사히의 童謠에 不滿을 늣기는 것들이다. 自重을 빈다. 우리의 동요를 써다구.

▷ 李周洪 君(發表名 芳華山)의「폭풍우」는 썩 잘 되엿다. 簡單한 몃 마디에서 더 만흔 效果를 엿보여 준다. 精進해주기를 바란다.

▷ 늘샘 君의 「어머님! 아버지는 웨?」는 卓君의 새 出發의 첫 소리라고 본다. 未久에 조흔 詩作이 展開될 줄 밋는다. 이 少年詩도 예전에 卓君의게서 보지 못하든 새 맛을 본다. 하나 둘 동무들이 한 가닥 길로 모여든 것을 깃버한다.

▷ 鄭祥奎 君의 「그리운 형님」은 그럴 듯하나 좀 感傷的이다. 퍽 거리김 업시 불너지기는 하엿지만은—.

▷ 李聖洪 君의 「約束」은 써나는 동무 사이에 서로 約束을 하자는 것인데 풀을 뜯어주느니 하는 것은 不自然 非피오니—ㄹ的이다. 그것은 묵은 理念의 묵은 작란일 것이다.

어린이에

▷ 韓晶東 君의 여름밤이라는 게 잇는데 이것은 여름밤이 아니라 四時 밤이나 잘 하는 無官能한 平凡 以上의 소리 묵은 形式 一發表欄을 채우려는 手細工品이다 그러게 童謠란게 입살스러운 것은 못될 것이다.

쪼 許日秀란 사람의 「냇기와장」이라는게 잇는데 그것은 日語讀本(□校) 卷六의 「古い瓦」란 것의 □造物이다. 붓그럼을 몰으는 者의 한갓 작란이다.

七. 後言

새벗 少年世界는 안 나는 모양이고 朝鮮 中外에 직독걱독한 것들이 活字의 탈을 씨고 나오기는 하나 하나 取할 것 업섯다. 별나라와 新少年에 나타나는 作品이 우리의 것이요 우리 童謠人들이다. 嚴興燮 孫楓山 梁昌俊 李久月 李周洪 申孤松 朴世永 등을 세일 수 잇고, 若干의 新興氣

分을 엿보여주는 이로 鄭祥奎 늘샘 李聖洪 朴麟浩(朴轍) 朴古京 尹石重 宋完淳 南宮浪 등이다. 아직껏 反動의 立場에서 발버둥치고 잇는 韓晶東 君은 金岸曙의 그것과도 갓튼 것을 우리는 철저적 撲滅的 抗議를 거듭할 것이다. 大衆의 問題지 個人의 問題가 안이요 全體의 問題지 部分의 問題가 안이다. (完)

『中外日報』(1930. 9. 26~28).

童謠講話

一. 童謠란 무엇

인간사회가 생긴 이후로 사람이란 노래를 불을 줄 아는 것으로 증명되여 잇다. 원시사회에서 루넷쌴쓰 시대를 것처 현대에 이르기까지 어느 나라 어느 민족을 불기하고 노래한 것을 불으지 안은 것은 하나도 업섯다. 일을 할 째에는 일의 괴로움과 피곤함을 이즐 수 잇도록 노래를 하얏고 산영을 하러 갈 째에는 서로의 부호를 맛추어 짐성을 잘 잡도록 노래를 하얏고 전쟁을 나갈 째에도 적(敵)이 놀낼 수 잇도록 장엄하게 노래를 불너서 행진을 맛추엇든 것이다. 그러면 인간사회가 잇는 곳에는 반다시 노래가 잇다고 할 수밧게 업시 되엿다.

여기에서 우리는 어룬들의 노래를 「詩歌」라고 하고 兒童의 노래를 「童謠」라고 하여 두자. 어룬들이라도 불을 수 잇는 노래를 「民謠」라고 하고 兒童(二十才 未滿)이 불을 수 잇는 것을 「童謠」라고 하겟다.

童謠란 兒童의 노래다. 그러면 그것은 누구가 짓느냐. 어룬도 짓고 兒童도 짓는다. 누구가 지으나 둘 다 童謠는 童謠다. 그러면 그 불너지는 것은 무엇이냐. 童心의 發露 그것일 것이다. 그러면 어룬도 童心이 잇느냐고 물을 째 업다고 할 수밧게 업다. 웨- 그들은 어룬이기 째문에 어룬의 마음을 가젓기 째문이다. 그러나 그들이 童謠를 지을 째는 그들의 어렷슬 째를 回想하거나 童心的의 것을 想像하야 쓰는 것이다. 그러기 째문에 兒童 自身이 쓴 童謠만치 童心의 純美한 發露는 엿볼 수 업슬는지는 몰르지만 그 形式에 잇서서는 넉넉히 童心을 活用식히며 잘 노래할수 잇는 것이다. 兒童이 지은 童謠는 童心만은 어룬의 것보담 낫다고 볼수 잇지만 그 形式과 表現方式에 不足한(*함)이 잇는 것을 볼 수가 잇다. 엇젓튼 童心을 노래한 것, 兒童의 처지에서 自然이나 人間이나 社會를 觀察 感受하야 노래한 것이라 하여 둘 수밧게 업다.

二. 푸로童謠는 엇던 것

「童心은 純潔無垢한 것이다.」「兒童은 天眞爛漫한 것이다.」「兒童은 天使이다.」「兒童은 神聖하다」는 말소리는 過去의 쌸조아的 兒童觀이엿다. 우리는 여기에서 童謠를 쑤르조아童謠와 푸로童謠로 난우와서 童心에도 階級性이 잇다는 것을 宣言하여야 한다.

한 가지 事物을 볼 째에 쌸조아 兒童과 푸로레타리아 兒童은 各各 그 童心에 잇서서 달은 感情을 가질 것이다. 달을 보면 쌸르조아 兒童은 불르게 먹은 배를 거머 쥐고 노래를 불으며 놀너 나갈 생각을 하며 다맛 달이 밝고 좃타는 것만 늣겨질 것이다. 그러나 푸로兒童은 달밤에 아버지가 들에 나가 논에 물 퍼는 것을 連想할 것이요. 밤 늦게 돌아오실 아버지를 마중나갈 째 길이 어둡지 안는 것을 길거워 할 것이다.

비가 오면 쌸조아 아히들은 새로 사둔, 긴 구두 신어볼 것이 길거워 날쒸겟지만 우리의 兒童은 우산 업시 學校갈 것을 걱정하며 아버지 일 못 가 옵빠가 오면 밥 굶을 것을 무서워 할 것이다.

(五 行 畧)

아버지가 일을 하여도 일을 하야도 가난하며 빗에 쏠니며 一年 동안

땀을 흘녀 농사를 지여도 늘 쩔쩔 매는 꼴을 보는 兒童은 저도 모르게
분하고 서러운 생각이 날 것이다.

- (以下 二十七行 畧) -

『新少年』 제8권 제10·11합호(1930. 11. 1).

朝鮮新童謠選集을 읽고

金基柱 君의 健鬪와 健筆을 祝福하는 바 한 사람이다. 平壤이라는 地方的 不便을 늦기면서 長久한 時日을 걸어 朝鮮新童謠集을 編輯 出版하야줌은 大端한 精力과 苦心한 배 있은 줄을 謝禮하는 바이다.

筆者와 같은 無能力 馱作者도 그 속에 한 목 끼이는 光榮을 받어 외람하나마 同集의 讀後感的 一文을 草하고자 한다.

　　　　　　×

모든 것이 다 그러하지만 우리 童謠界는 달은 部門보담 더 無政府的 無整理的 亂雜함을 늦겨오든 터이다. 날마다의 新聞紙上에는 된 게나 안 된 게나 意識的의거나 無意識的의거나 되나 캐나 집어 실은 童謠가 있고, 比較的 精選을 하는 少年少女雜誌의 것도 大同小異的 無標準이엇다.

이러한 選集이니 合作集같은 것은 내가 알기로는 『불별』, 그담에 이 新童謠選集인가 한다. 그것의 어느 경향적 一端을 엿보여준 것은 『불별』이요, 그것의 羅列을 해논 것은 이 選集이다. 그저 平平凡凡한 題目과 內容의 것을 만히 주어 모은 것이다.

더구나 그것의 無意識的 불조아兒童들의 잠고대 소리 空想的 불조아 童心的의 것밧게는 아무 것도 없다. 캐캐 묵은 다 埋葬하고 말어질 것들을 들추어 내여서 新選集이란 美名을 부친 것이다. 더구나 우서운 것은 우리의 몇몇 동무(비교적 意識的 作品行動을 다 하엿고 作品이 있는데도 불구하고)의 것을 뽑아 너흐되 가장 불조아적 非階級的으로 編輯한 것이

다. 적어도 選集이라면 좀더 作家的 價値를 公認할 수 있는 이의 것과
있는 作品을 精選하야 어느 程度의 水準과 目的을 達해주지도 않고 그저
羅列, 줍어 모은 것밧게는 아모 볼 것이 없을 出版한 春齋 金基柱 氏의
意圖가 那邊에 있는가를 찾어낼 수가 없서 疑心을 거듭하는 것이다.

×

有無名을 불기하고* 朝鮮의 童謠界는 只今 한개의 方面을 定하고 푸
로레타리아 리아리즘을 꾀하고 있는 過渡期에 있어서 이와 같은 無意味
한 選集이 出版됨을 우리는 非難 안이 할 수 없는 것이다.

勞動大衆 少年을 爲한 作品行動 作品을 바래며 選集이 있기를 바래마
지 안는 바이다.

第一輯이라 한 것 보니 第二輯이 있을 것도 같은데 賢明한 金基柱 氏
여 第二輯도 그럴라거든 헛 手苦와 努力을 거더 치우소서.

崔靑谷, 洪蘭波 等 ××××英雄들의 讚辭를 듯는 것으로 그대의 至上의
榮光으로 생각할진대 감히 간섭할 勇氣도 없다만은.

『新少年』제10권 제7호(1932. 7. 1).

---

* '불구하고'의 오식인 듯함.

<번역>

朝鮮民謠意譯

枝が高くて折られはせぬが
悲しい名をば掛けて行かう
不歸—不歸復不歸と
悲しい名をば作つて行かう。

なぜに戀ははかないか
眠らぬ前は忘られぬ
衾でも食つて忘れよか
運ぶさしごとに思ひ出す
靜かに眠つて忘れよか
夢な夢なに君を見る
つらい暮しの世の中よ
パカチの蔓でも上げよかな。

註 パカチはひょうたんのことです。

☞ 『日本詩人』제6권 제8호(1926. 8).

부록 3

참고자료

<서간>

興燮이가 炳昊에게

彈!

前咯 楓山이가 올나왓스닛가 죽어도 두 놈이 갓치 죽을 셈치고 뭘 벗고 나서서 일해 보것다 ×우다 안 되면 두 놈이 東京으로라도 다러나 팡장사를 하면서라도 ××것다.

그런데 君의, 初春雜詠 中에 다이나마이트는 하는 수 업시 빼엇다. 그러니 달은 데다 쓰것다 마음을 가라안치고 當分間 참고 잇거라. 설마 우리의 ×이 잇것지.

孤松에서 편지 왓다. 大駿의 詩 朴徹의 詩는 다 먹히엇다. ——宋(影)은 별나라 일 본다.

— 下咯 —

『音樂과 詩』 창간호(1930. 8. 15).

<헌시>

慰詞
— 동모 彈·炳昊에게

金海剛

○

彈兄아.

모닥불 나려 쏫는 六月의 炎天에

恨만흔 晉陽의녀름은 슬푼소식을 벗들에게 傳해 주는구나.

간 안해의 령을 우는 동무 彈兄아.

얼마나 울엇드냐 가슴을 치고 울엇드냐.

○

내 고장 내故鄕을 등지고

한쏘각 조희에 팔린 헐한 품파리 몸이 되여

물ㅅ길 산ㅅ길 험한 곳으로 바람에 날리는풀닙과 가티

불녀가든 몸이 사랑하는 안해와 어린血肉을돌보지 못한지 三年에—.

○

오오 彈兄아.

마음우에 비ㅅ발가티 쏘다저 나리는 무쇠매질에

튀는 筋肉을 쓸어 어루만지며 압날의 주추를 내굴니기 위하야

모든 야릇한 情緖를 불질너버리고 쮜는 젊음을 스사로 죽이고 나아갈째
그대여! 얼마나 목이 탓드냐 허파가 부서젓드냐.

○

오오 압날을 싸워 엇기 위하여 주먹을 노코 더운呼吸으로 약속을 굿
게 다지든
한 바다에 억개를 결워 사나운 물ㅅ결 쌔치고 나아가든 同舟者요
가슴을 역거 닥치는 苦難을 迫車와 가티 뭇질으고 나아가든 一生의伴
侶者인
든든한 同志를 사랑하는 안해를 아아 그대는 마츰내 救할길이 업시
쌔앗기고 말엇구나

○

그대여! 그대는 가슴치고 호곡함으로 첩첩이싸인 젊은恨을 녹히려는가.
颱風가티 몰아가는 혹독한 가난의 채쭉엔 어이 病魔의戲弄까지 얄구
지단 말이냐.
千里라 어이 먼길이랴만 날개가 썩긴 몸이어니 咫尺이라 가고 옴이
자유롭드냐.
아아 고요히 婆婆를 등지는 싸늘한 이마를 집허 주는 時間인들 얼마
나 길엇스랴.

○

彈兄아.
사라지는 안해의 령이 설게도 그대의身邊을 써나갈째
마즈막 부탁이 무엇이드냐. 가슴을 염이고 쎠에 설이는―.
울분에 찬 恨만흔 젊은半生의 자최를 그대의 더운가슴에 찍어노코 갈

째

씨처노흔 눈물의記錄―을 한 페-지 두페-지 고요히 덥허주는 그대의
주먹이 얼마나 썰럿드냐.

○

오오 彈兄아.
간 안해의 령을 弔喪하기 위하연
울어라 주먹이 부서지도록 쌍을 치고 ―울어라 허파가 젓도록 몸을
던저―.
陸地가 물너나고 太陽이 녹아나리도록 한썻울어라 울어라
모든 울분과 원한이 가실째 까지 울어라 울어라

○

彈兄아.
그러나 긔운을랑 너무 傷치는 말어다고.
한편 억개가 불어진듯 슬품은 天空을 물들이리라 마는
그대는 젊은 몸 아즉도 젊은 動脈이 꼿꼿이 서잇지 안느냐.
부서진 거문고에 불을 부처 더욱 힘찬 音響을 퉁겨서 내일 새로운 줄
을 다려야 한다.

○

彈兄아.
그리하야 간 안해의 씨처노흔 ×은記錄을 씨 삼어 날 삼어
더욱 힘차고 더욱 굿세인 새날의 아름다운 譜表를 찍어 내어야 한다.
그리하야 한가지로 버리고 굴너가든 이날의 수레를
아구찬 걸음거리로 모라가며 힘찬 노래로 간 안해의 령을 크게 불러

주어야 한다.

○

오오 彈兄아.

더위는 놉하 水銀柱는 百度를 올으나린다.

그대의 마음을 붓잡어 주는 젊은 동무드의 마음도 百度로 타고 잇나니

억개를 펴고 몸을 추스려 새로운 巨姿를 보여다오.

간 안해의 령을 불으는 힘찬 노래가 쑤려지는 곳에 새로운 기쁨은 아츰해와 가티 빗나리니— 彈兄아 오오 彈兄아.

— 一九三二. 七 —

『批判』 제16호(1932. 9. 1).

<회고문>

金炳昊에의 낡은 追慕

薛昌洙

四十代 아래인 文人들껜 詩人 金炳昊씨라고 해도 기억이 없으리라. 행여 싶어 學園社의 百科辭典을 뒤져봤으나 없다. 더더구나 鷄林이라고 한댔자 서라벌 城밖의 그 숲 이름으로 바껜 그 임을 아실 분이 몇이나 되랴. 그런데도 晉州를 중심으로 하여 馬山 釜山 等地에 살고 있는 慶南의 文人들은 거의 안다.

鷄林이 그의 一族과 더불어 참담하던 낙백의 晚年을 지내던 海運臺[1]의 어느 斗室에서 소리 없는 瞑目을 누린 것이 재작년인 듯 하다. 나보다 열 몇은 年長임을 알 뿐 가신 나이조차 또렷인 모른다. 계셨으면 아마 예순 고비가 아니실까, 근 한해 뒤에사 東騎 李敬純씨에게서 그의 作故說을 들었을 때 놀라움기보다 서글픈 생각이 앞섰다. 그는 地上時代에 이미 天上時代와 共存하고 있었기 때문에.

집을 나간 지 달포가 되도록 돌아오지 않는 암고양일, 생질녀가 기르던 그놈의 새끼를 빌려다가 몇 날 쥐잡이를 시키노라고 양지쪽에 쪼그린 모습에서 곰곰히 연상하던 생각의 실마리가 문득 鷄林에게 想到한 것은

---

1) 해운대가 아니라 범일동(凡一洞)이다.

이미 가을이 깊어진 탓일까. 제집에 기르던 고양이의 추억보다 사람의 생각 속에 남는 故舊의 모습이란 몇 곱이나 더 진할 수 있다 하랴.

바로 解放 그해 十一月의 어느 밤 ─晉州文化建設隊가 감격의 처녀무 대를 위한 演劇 「젊은 繼承者」의 臺詞 연습을 마친 다음이었다. 약간의 醉興 속에 나타났던 初面인 先輩詩人 두 분이 孫楓山 金炳昊 그분들이었 다. 이분들이 在北한 小說家 嚴某[2]와 더불어 鄕土 出身의 文人으로서 일 찌기 「晉州詩壇」[3]에 글을 내셨고 博文書館 文庫版의 林某 編[4] 朝鮮詩人 三十三人의 一人들이었다. 그때 나의 반가운 敬意는 역표현되어 「後輩가 선배를 찾아 뵙지 않느냐?」는 鷄林 醉談을 「선배가 후배를 찾아와서 激 勵하여 주실 수도 있지 않느냐?」는 악다귀로서 本意 아닌 <스토움>이 일어 窓유리가 깨뜨려지기까지 했었다. 그도 정말 本意 아니었지만 그의 두 눈망울은 醉中이었기에 더욱 증발처럼 사나운 怒氣에 부릅떠 있었던 그 印象 때문에 發火되었던 것이나 몇 十里를 徒步로 걸어온 路資 없는 黃昏의 시장끼 속에서도 그의 눈이 <헤드라이트>처럼 사납고 危壓力을 지녔던 것임은 十餘年 뒤에사 알았다.

近 三十年의 접장 나일 먹은 年功級 校長이었으나 그가 六·二五 이듬 해 사이더 병에다 소주를 넣어 들고 내 울막을 찾아왔을 땐 겨우 六學級 인 진양군 水谷國民學校 校長이었다. 그가 권하는대로의 藥品과 注射藥 몇 가지를 사가지고 休養 兼 어느 校歌 한편을 짓기 위해서 同途해 갔던 그의 다 헐어진 舍室과 조용하다 못해 幼稚園 교실 같은 그의 內室 이웃

---

2) 엄흥섭(嚴興燮)임.
3) 진주에서 발간된 「신시단(新詩壇)」을 잘못 말한 것이다.
4) 정확한 서지는 다음과 같다. 林和 編, 『現代朝鮮詩人選集』(學藝社, 1939. 1)이다.

내 房이란 우우를 사퇴하여 한증막 같이 가라앉아 덥고 답답하던 宿直室에서 四, 五日을 먹는 동안, 그에게 强制動員된 方方 散策과 面長, 區長까지 ──이 소개를 받노라고 땀을 빼던 일이 생각난다.

「嶺文」同人들과 새기며 市內 茶房에서 의엇이 橫笛을 불었고, 어느 遊女의 집 변두리를 逍遙하면서 月夜吹笛도 했었다.「硫黃泉의 洗禮」란 詩集 원고를 언제나 헌 책봇다리에 싸가지고 다녔고 때도 곳도 없이 公開하고 自讀했었다. 그건 堂堂한 自家感激으로 그 부릅뜬 두 눈알이 더욱 빛났을 뿐 客氣는 아니었다. 大膽히 짙고 熱情 있는 <훼미니스트>의 言動도 보였다. 必要 以上의 路資는 청구하지 않았다. 靑馬詩兄이 咸陽 安義서 막내 사위를 보신 창땟비의 밤이 샐 무렵에 내 푼돈의 一部와 그가 함께 사라졌던 일도 기억된다. 左遷, 左遷의 마지막 任地인 柏田校는 山谷의 六十名 在學地였었다. 부릅뜬 두 눈의 炯炯한 빛 때문에 더욱 고 단키만 하던 그의 東家食西家宿은 이제 더 구차할 것 없는 定着地에 안식함을 얻었다.

茶毘에 부쳤던가 肉身葬을 했던가를 다시 알 길이 묘연하고, 故地에서 가까운 P市內의 日刊新聞엔들 그에 대한 追慕의 記事가 난 일이 없었단다. 그의 詩와 그의 人生이 너무나 寒心하게도 失踪된 느낌을 달래어 이 글을 적어볼 뿐이니 글자대로 片片이지 정성스러운 글일 순들 있으랴.

『현대문학』 통권 97호(1963. 1).

<회고문>

文學風土記 : 晉州篇
— 同鄕의 先輩·後輩를 말한다[1]

李敬純

晉州 土種으로 普通學校 敎員이고 역시 抒情詩를 쓰고 하여 東京에서 발간했던 「文藝戰線」誌[2]에다 발표한 金炳昊는 해방 후에 최종 勤務處이었던 咸陽 馬川國民學校長[3]으로 發狂하여 釜山에서 凍死했다.[4] 炳昊와 함께 晉州에 있던 小說家 嚴○燮[5]은 뒤에 서울로 진출했다.

『현대문학』 제12권 3호(1966. 3).

---

1) 전문을 다 수록하지 않고 김병호와 관련된 기록만 옮겼다.
2) 실제 일본에서 발행된 잡지 『문예전선(文藝戰線)』에서 김병호의 시를 찾을 수 없었다. 그의 시는 『일본시인(日本詩人)』에 발표되었다.
3) 이력서에 의하면 김병호의 최종 근무지는 백전국민학교(柏田國民學校)이다.
4) 김병호의 차남인 김영기(金榮基) 씨에 의하면, 부산 범일동 자신의 집에서 부친이 위암으로 사망했다고 증언했다.
5) 嚴興燮임.

잊혀진 시인, 김병호의 시 세계

김병호의 동시와 동시비평 연구

잊혀진 시인, 김병호(金炳昊)의 시 세계

I. 서 론

　일제 강점기 이후 한국문학사에서 '김병호'란 이름으로 시를 쓴 시인이 둘 있다. 한 사람은 '진주 출신' 시인이라 할 수 있는 김병호(金炳昊)이고, 다른 한 사람은 1949년에 시집 『황야(荒野)에 규환(叫喚)』을 낸 김병호(金炳昊)이다. 이 둘은 묘하게도 한글과 한자 이름이 서로 같은 동명이인(同名異人)이다. 그러다 보니 이 둘을 혼동하기 십상이다. 더구나 두 시인 모두 한국문학사에서 거의 잊혀지다시피 한 상황에 있다. 1980년대 이전에 발간된 어떤 문예사전에서도 이들의 이름을 찾을 수 없고, 현재까지 간행된 어떤 문학사에서도 이들의 이름이나 기록을 만날 수 없다.

　김병호가 누구인지 밝혀지지 않은 상황에서이긴 하지만, 현대시 관련 자료집들이 1980년대 말 이후 여럿이 출간되면서 이따금 김병호의 이름을 만날 수 있게 되었다.[1] 그러나 이들 자료집에는 김병호의 시작품 2~3편만 올려져 있을 뿐이며, 그와 그의 시에 관한 어떤 언급도 들어있지 않다는 점에서 김병호란 시인을 특별히 주목할 만한 단서를 찾을 수 없다. 이런 상황에서 권영민이 편찬한 『한국근대문인대사전』(1990. 7)[2]은

---

[1] 김성윤 편, 『카프시전집 II』(시대평론, 1988. 11)에서 김병호의 시 「그러케 내가 뭐라 하든가」(1930. 8), 「病床에서」(1932. 3), 「안해의 靈前에」(1933. 1)를 조사해서 올렸으며, 서범석 엮음, 『한국 농민시』(고려원, 1993. 4)에서 시 「天禍」(1930. 3), 「月下의 一群」(1935. 11)을 조사해서 실었다.

비록 김병호 시인의 이력과 문학 작품의 서지를 매우 간략하게 기록하고 있지만, 김병호에 관한 기록을 처음으로 우리에게 제공해준다는 점에서 여간 반가운 책이 아니다. 그렇지만 아쉽게도 이 사전에 올려진 김병호에 관한 기록들은 오류투성이다. 동명이인으로 존재했던 두 시인을 가리지 못했기 때문이다. 따라서 이 사전에 올려진 김병호 관련 기록들을 그대로 믿고 김병호의 시를 논의하게 되면 혼란을 부채질하는 결과를 빚게 될 염려가 있다.

실제로 이런 염려가 강희근의 「진주문학의 흐름」3)과 「광복 후 경남 시문학의 흐름」4)에서 보이는 김병호에 관한 논의에 개재되어 있었다. 이들 글은 김병호의 초기 시에 관한 목록을 새롭게 추가하면서 그의 시를 비로소 학문적 차원에서 논의하는 단초를 마련했다는 점에서 눈여겨 볼 글이지만,『한국근대문인사전』에 올려진 기록을 사실 확인 없이 그대로 활용함으로써 김병호에 관한 기록상의 오류를 재생산하는 잘못을 범하고 말았다.

이 글은, 이상에서 언급했듯이, 김병호란 시인이 한국문학사에서 한번도 언급되지 않았다는 점, 그리고 김병호 시인이 동명이인으로 존재했기 때문에 이를 명백히 가리지 않은 상태에서 이루어진 그의 생애나 문학에 관한 기록들이 상당한 오류를 지니고 있다는 점, 따라서 이러한 기록상의 오류를 시급히 시정하여 김병호의 시 논의가 제대로 진행될 수 있도록 해야 한다는 점 등의 문제인식으로부터 출발되었다. 필자는 이에 따라 두

---

2) 권영민 편,『한국근대문인대사전』, 아세아문화사, 1990. 7. 이 책에서 김병호의 간략한 이력 사항과 작품 서지를 시, 시집, 수필집, 평론의 순서로 작성해 놓았다.
3) 강희근,『경남문학의 흐름』, 보고사, 2001. 11, 113~116쪽.
4) 강희근, 위의 책, 13~14쪽.

김병호 시인 중에서 '진주 출신' 시인인 김병호(金炳昊: 1904~1959)의 생애와 문학적 사항들을 가능한 대로 밝히는 작업부터 진행하고자 한다. 이 과정에서 진주 출신 시인인 김병호가 시집『황야에 규환』을 낸 시인 김병호와 전혀 다른 인물임을 밝힐 것이며, 어떠한 과정에서 이 두 시인에 관련된 사항이 뒤섞이면서 혼란을 주게 되었는지 그 사정도 드러낼 것이다. 그런 다음 이 글은 김병호 시인의 생애와 문학적 사실을 가능한 대로 밝힌 토대 위해서 그의 시작품들을 대상으로 시 세계의 특징적인 면모를 파악하고자 한다.

현재까지 필자는 김병호가 쓴 글로 시 78편, 동시 17편, 동화 2편, 문학론 및 비평 10편, 수필 5편, 민요 번역 1편, 과학문 18편, 기타 2편을 찾을 수 있었는데,[5] 시와 동시가 가장 많은 비중을 차지한다는 점에서 그는 시인으로서 뚜렷한 활동을 했다고 하겠으며, 또한 동시·동화·아동문학론 및 비평을 주목하면 동시 시인 또는 아동문학가로서도 상당한 활동을 했음을 알 수 있다. 따라서 비록 늦은 감이 있지만, 그동안 문학사에서 소외되었던 김병호의 시를 우선적으로 복원하고, 이를 바탕으로 그의 시가 놓여야 할 문학사적 위치를 올바로 찾아주는 작업을 서둘러 할 필요가 있는 것이다. 이런 점에서 이 글은 시인 김병호에 관한 시인론을 처음으로 본격 구축하는 과제를 수행하면서 문학사의 빈 자리를 조금이나마 메우는 데 기여한다는 의의를 갖는다.

김병호의 생애와 문학적 사실을 복원하고 시인론을 구축하는 작업을 제대로 수행하기 위해, 필자는 먼저 역사주의비평의 관점에서 시인의 생애와 문학의 업적을 가능한 철저히 조사하여 파악하는 일을 한 다음, 문

---

5) 김병호의 글 목록은 이 책의 뒤에 붙여 놓았다.

학작품에 대한 다각적인 조명을 하되, 특히 그의 문학과 역사현실 또는 그의 삶이 맺는 컨텍스트(context)의 의미를 집중 파악하는 과정을 거치고 자 한다. 이는 그의 시가 갖는 특성을 미리 고려한 방법론적 접근이기도 하지만, 이 글이 시인론의 성격을 지니는 만큼 그의 시가 시인 자신의 삶과 당대의 역사적 상황과 어떠한 정신적 긴장 관계를 보여주는지 파악 하기 위한 조치이기도 한 것이다.

II. 김병호의 생애와 문학 활동

진주 출신 시인 김병호는 어떤 인물인가? 이에 관하여 필자는 김병호 와 관련된 자료를 가능한 대로 찾아서 일차로 밝힌 바 있으나,6) 이 글에 서 김병호 관련 자료를 좀더 폭넓게 찾은 결과를 토대로 기존의 내용을 전면적으로 가다듬으면서 보완하고자 한다.

그러면 김병호에 관해서 알 수 있는 자료들을 차례대로 들면서 그의 생애와 문학적 사실들을 파악해보자. 여기서 먼저 찾을 수 있는 자료가 시인 설창수(薛昌洙: 1916~1998)의 글이다. 설창수는 해방기를 전후하여 김병호 시인과 상당한 교분이 있었던 것으로 나타나는데, 김병호의 사망 소식을 접한 후 그를 추모하는 「김병호에의 낡은 추모」를 발표했다. 이 글을 잠시 보자.

四十代 아래인 文人들껜 詩人 金炳昊씨라고 해도 기억이 없으리라. 행

---

6) 졸고, 「일제 강점기 부산경남지역 시인의 일어시 발굴 및 재조명 연구」, 『한국문
학논총』 제33집, 한국문학회, 2003. 4.

여 싶어 學園社의 百科辭典을 뒤져봤으나 없다. 더더구나 鷄林이라고 한
댔자 서라벌 城밖의 그 숲 이름으로 바껜 그 임을 아실 분이 몇이나 되
랴. 그런데도 晉州를 중심으로 하여 馬山 釜山 等地에 살고 있는 慶南의
文人들은 거의 안다.[7]

1963년에 쓴 글이다. 당시 진주를 중심으로 마산, 부산 등지에 사는 나
이 40대 이상의 시인들은 김병호를 알고 있지만, 젊은 문인들은 그를 거
의 기억하지 못하고 있음을 안타까워하고, 그의 이름을 어떤 사전에서도
찾을 수 없을 정도로 망각되어 있는 시인임을 나타내고 있다. 그런데
1963년에서 다시 40년이 지난 오늘날, 그를 알고 있던 일부의 문인들조
차도 유명(幽明)을 달리해버린 상황에 놓여 있다. 이제 그의 이름을 다시
찾아서 시인으로서의 면모를 온전하게 밝히는 일이란 쉽지 않은 일임을
짐작할 수 있다.

이런 상황에서 1990년에 발간된 『한국근대문인대사전』을 통해 김병호
의 생애와 문학에 관한 단편적인 기록이나마 볼 수 있게 된 것은 매우
반가운 일이었다. 하지만 필자의 확인 결과, 여기에 올려진 기록들이 상
당한 오류를 지니고 있기 때문에 이를 시급히 바로 잡아야 더 이상 오류
를 확대 재생산하지 않을 수 있다.

그러면 이 사전에 올려져 있는 김병호의 생애에 관한 기록을 보자.

· 1909.　　　경남(慶南) 출생
·　　　　　　보성전문학교에서 수학
· 1949.　　　시집 《황야의 규환》 간행

---

7) 설창수, 「김병호(金炳昊)에의 낡은 추모(追慕)」, 『현대문학』 통권 97호, 1963년 1월
　호, 272쪽.

· 1961.　　　사망

　　그런데 이상의 기록에서, 김병호와 관련된 정확한 사항은 아무 것도
없다. 왜 이런 문제가 발생되었을까? 그것은 바로 진주 시인 김병호와 동
명이인인 시인이 있었기 때문이다. 이 동명이인의 주인공이 1949년에 시
집『황야에 규환』8)을 간행한 시인으로 한자 이름까지도 동일한 김병호
(金炳昊)이다. 따라서 진주 시인 김병호와 이 시집을 낸 시인 김병호를
동일 인물로 보아서, 이 둘의 이력을 조합해 놓으면 위와 같은 기록이
만들어질 수 있는 것이다. 그러면 시집『황야에 규환』을 낸 시인이 진주
시인 김병호와 어떻게 다른 인물인지 알 수 있는가? 이 물음에 답할 수
있는 근거를 시집의 서문과 끝말에서 찾을 수 있다.
　　이 시집의 서문은 조지훈(趙芝薰: 1920~1968)이 썼는데, 서문의 끝 부
분에서 "젊은 詩人 金炳昊君의 詩稿 앞에 이 글을 쓰며"라는 표현이 나
온다. 만일 여기서 시인 김병호를 진주 출신의 김병호로 본다면, 1920년
생인 조지훈이 자신보다 한참 연상인 김병호에게 "젊은 詩人 金炳昊君"
이라고 말한다는 것은 있을 수 없는 일이다. 그렇다면 이 시집의 저자인
김병호는 진주 출신의 김병호가 아니다. 이를 좀더 분명히 확인할 수 있
는 단서가 시집의 '끝말'에 있다.

　　　끝으로 이 小著를 出版하는 데 있어서 많은 힘을 아끼지 않은 母校 高
　　麗大學 敎授 趙芝薰 先生님과 親友 諸人에게 뜨거운 感謝를 表하여 마지

---

8)『한국근대문인사전』에 표시된『황야의 규환』은 잘못된 시집 이름이다. 이 시집의
　정확한 이름은『荒野에 叫喚』이다. 1949년 3월 10일 평화당인쇄소(平和堂印刷所)
　에서 발행되었다.

않는 바이다.9)

이 글을 통해 시집의 저자인 김병호는 당시 고려대학교 출신으로 시인 조지훈과는 사제관계를 가졌던 젊은 시인이었던 것으로 드러난다. 그리고 이 시집의 제1부에 발표한 시는 해방 전의 작품이라 했는데, 진주 출신인 김병호 시 작품과 일치되는 작품이 하나도 없었다. 따라서 이 시집의 작품들과 글의 내용을 확인하지 않은 채 시집의 저자 김병호를 진주 출신의 시인 김병호와 동일 인물로 오해하여 기록한 모든 사항들은 명백한 오류임이 드러나게 되었다.

여기서 설창수의 「김병호에의 낡은 추모」와 이경순(李敬純: 1905~1985)이 진주시단을 회고하며 쓴 「문학풍토기 -진주편」10)은 매우 주목되는 글이다. 이들 글은 비록 분명한 기억을 바탕으로 쓴 것은 아니지만, 김병호에 관하여 단편적이지만 매우 중요한 정보를 담고 있기 때문이다.

먼저 설창수의 글을 보자.

鷄林이 그의 一族과 더불어 참담하던 낙백의 晩年을 지내던 海雲臺의 어느 斗室에서 소리 없는 瞑目을 누린 것이 재작년인 듯하다. 나보다 열 몇은 年長임을 알 뿐 가신 나일조차 또렷인 모른다. 계셨으면 아마 예순 고비가 아니실까, 근 한해 뒤에사 動騎 李敬純씨에게서 그의 作故說을 들었을 때 놀라웁기보다 서글픈 생각이 앞섰다. 그는 地上時代에 이미 天上時代와 共存하고 있었기 때문에.
……(중략)……
바로 解放 그해 十一月의 어느 밤 -晉州文化建設隊가 감격의 처녀무대

9) 김병호, 「끝말」, 『황야에 규환』, 평화당인쇄소, 1949. 3. 1.
10) 이경순, 「문학풍토기 -진주편」, 『현대문학』 제12권 3호, 1966. 3, 240~243쪽.

를 위한 演劇 「젊은 繼承者」의 臺詞 연습을 마친 다음이었다. 약간의 醉
興 속에 나타났던 初面인 先輩詩人 두 분이 孫楓山 金炳昊 그분들이었다.
이분들은 在北한 小說家 嚴某(필자 주 : 嚴興燮)와 더불어 鄕土 出身의 文
人으로서 일찌기 「晉州詩壇」(필자 주: 진주에서 발행된 新詩壇의 오류로
보인다)에 글을 내셨고 博文書館 文庫版의 林某(필자 주 : 林和) 編 朝鮮
詩人三十三人(필자 주 : 이 시집의 정확한 명칭은 '現代朝鮮詩人選集'이
며, 1939년 1월에 學藝社에서 朝鮮文庫 2-1로 처음 간행되었다. 여기에
시 <旅愁> 1편이 실려 있다.)의 一人들이었다.[11]

이상 인용 글에서, 김병호의 호가 계림(鷄林)인 점, 진주 출신으로 설
창수보다 10여년 연상이 될 것이란 점, 일찍이 진주에서 발행된『신시단
(新詩壇)』에 작품을 발표(실제『신시단』1호, 1928. 8에 시「殺生!」을 발표)
했다는 점, 일제 강점기와 해방기에 엄흥섭(嚴興燮: 1906~?, 충남 논산에
서 태어났으나 진주에서 수학함), 손풍산(孫楓山: 1907~1973, 경남 합
천)[12], 이경순 등과 교분을 맺고 있었다는 점 등을 알 수 있다. 그리고 위
의 글에 이어진 글에서,『영문(嶺文)』동인들과 사귀며 풍류객으로 생활했
다는 점, 생활이 어려워 돈을 꾸며 지내거나 동가식(東家食) 서가숙(西家
宿)하며 지내기도 했다는 점, 부릅뜬 눈에 고단해 보였다는 점, 여러 차
례 좌천당하며 경남의 여러 초등학교를 전전했다는 점, '유황천(硫黃泉)
의 세례(洗禮)'란 제목의 시집 원고가 있었다는 점 등이 드러난다.
그런데 이상의 사항들 중 설창수가 직접 경험하면서 느낀 사실은 어
느 정도 분명하지만, 불명확한 기억에 의존해 있는 사항들도 많아서 그

---

11) 설창수, 앞의 글, 272~273쪽.
12) 정상희,「풍산 손중행의 길」,『지역문학연구』제7호, 경남지역문학회, 2001. 10. 이
글에서 손풍산의 생애와 시 세계를 폭넓게 조망했다.

사실 여부를 하나하나 확인하는 절차를 필요로 한다.

우선 김병호의 출생 사실부터 짚어보자. 『한국근대문인사전』에서 김
병호의 출생년도를 1909년으로 표기했던 데에서 이후 계속 오류가 번져
갔다. 그런데 이 오류의 발단은 김용호(金容浩), 이설주(李雪舟)가 편찬한
『현대시인선집(상)』(1954. 3)에서 김병호의 시 「여수(旅愁)」를 실으면서
다음과 같이 기록한 데서 말미암은 것으로 추정된다.

> 金炳昊　四二四二—
> 本籍　慶南　晉州.
> 한때 「詩學」同人으로 活躍하였으나 解放後는 거의 詩筆을 던진 듯 이
> 렇다
> 할 發表作品이 없고 現在 國民學校長으로 育英에 傾注하고 있다.[13]

이상의 기록에 의하면, 김병호는 단기 4242년 즉 서기 1909년에 경남
진주에서 출생한 것으로 된다. 그러나 이 기록은 "詩筆을 던진 듯"하다
는 표현으로 보아, 편집자 중 한 사람이 짐작에 의해 김병호에 관한 사
항을 적은 것으로 판단된다. 따라서 이 기록은 신뢰할 수 없다. 그리고
김병호가 "「詩學」同人으로 활약하였으나"라고 기록하고 있지만, 실제 『
시학(詩學)』을 확인한 결과 그의 글을 찾을 수 없었다.

김병호의 정확한 출생년도는 1904년이다. 이를 확증할 수 있는 자료가
호적인데, 호적에서 그는 1904년(단기 4237년) 11월 16일로 나타나 있다.
그런데 호적도 6.25전쟁으로 소실된 후 1956년에 재기록된 것이기 때문
에 이의 사실 여부를 좀더 확인할 필요가 있다. 다행이 김병호의 유족으

---

13) 김용호·이설주 편, 『현대시인선집(상)』, 문성당, 1954. 3, 338쪽.

로 그의 둘째 아들인 김영기(金榮基) 씨를 만나 그의 출생년도를 확인한
결과, 김병호는 용띠 해인 갑진년(甲辰年) 생, 즉 1904년 생으로 11월 16
일에 태어났음을 알았다.

그런데 김병호는 자신의 출생년도를 1906년으로 표시한 것으로 나타
난다. 그의 출생에 관한 기록으로 가장 앞선 시기의 자료로 만날 수 있
는 자료가『음악과 시』창간호(1930. 8)에 실린「시인소식(詩人消息) 악인
소식(樂人消息)」에서인데, 여기서 김병호는 "一九〇六年 慶南 牧島서 出
生"으로 기록되어 있다.『음악과 시』창간호에 김병호는 시와 비평을 함
께 싣고 있을 뿐만 아니라, 그와 교분이 깊었던 양우정(梁雨庭: 본명 梁
昌俊, 1907~1975)[14]이 이 잡지의 편집인 겸 발행인이었다는 점에서, 그
의 출생과 관련한 기록은 김병호 자신으로부터 확인한 것일 가능성이 높
다. 그리고 함양교육청에서 김병호의 이력서를 구해볼 수 있게 되었는
데,[15] 여기에 김병호는 1906년 11월 16일에 출생했고, 본적은 "慶尙南道
晉州市 平安洞 二〇一番地"로 되어 있었다.

위의 두 기록은 김병호가 출생년도를 1906년생으로 적고 있다는 공통
점과 함께 출생지가 본적지와 다르다는 점을 확인할 수 있다. 먼저 그는
왜 출생년도를 1904년임에도 1906년으로 적었을까. 여기에 자신의 출생
년도를 서기년도로 인식하는 데 어떤 불분명함이 있었거나 어떤 사정에
의해 의도적으로 1906년생으로 기록했을 가능성도 있다. 그러나 가족들
에 의해 호적을 재기록하는 과정에서 김병호의 출생년도를 1904년으로

---

14) 서범석 편저,『우정 양우정의 시문학』, 보고사, 1999. 1.
15) 김병호의 이력서는 이순욱(한국해양대 강사) 선생의 결정적인 도움에 힘입어 구
    해볼 수 있었음을 밝혀둔다.

바로 잡아 기록했던 것으로 파악된다. 다음으로 본적지가 실제 김병호가 태어난 곳이 아니라 후에 결혼하면서 분가했던 진주의 주소지임을 알게 되었다. 김병호는 분명 『음악과 시』 창간호에 기록된 경남 목도에서 태어 났다. 현재 경남 목도는 행정구역상 경남 하동군 하동읍 목도리인데, 김병호가 어렸을 때 부친인 김상두(金相斗)가 하동에서 어장 일에 실패한 후 진주로 이사를 오게 되었다 한다. 그후 진주에서 계속 살다가 결혼한 후에도 계속 진주에서 살았다. 그런데 출생지를 근거로 말하면 김병호는 진주 출신 시인이 아니라 하동 출신 시인이라 해야 정확하다. 그러나 김병호가 태어난 1904년도를 포함한 1915년 이전에는 하동군이 진주부에 속해 있었고, 또 그가 본적지인 경남 진주시 평안동에서 오랫동안 생활 했기 때문에, 그를 진주 출신 시인으로 보아도 그리 잘못된 것은 아니다.

다음으로 김병호의 수학과정과 이력을 알아보자. 그의 이력서에서, 1925년 3월 경상남도 공립 사범학교(약칭 경남공립사범학교) 특과를 졸업한 후 같은 해 조선공립보통학교 교사를 시작으로 가락공립, 진주공립, 생림공립, 대산공립, 악양공립, 무계간이학교 교사를 거쳤다가 1945년 10월 예하공립보통학교부터 1954년 4월 백전국민학교까지 무려 8개 학교를 옮겨다니며 교장으로 전전하다 신병으로 해임된 것으로 나타난다. 여기서 먼저 경상남도 공립 사범학교는 현재의 진주교육대학교의 전신으로, 1923년 3월 31일에 설치 인가(조선총독부 고시 제125호 인가)되어 1940년 4월 1일 관립 진주사범학교로 개칭되기 전까지의 학교 명칭이다.16) 그런데 김병호는 이 학교의 특과를 졸업했다고 했는데, 1930년부

---

16) 진주교육대학교의 관계자에게 김병호의 학적부 소장 여부를 문의해보았으나, 당시의 학적부를 보관하지 않고 있다는 답변을 들었다. 경상남도 교육청에 혹시 학적부를 보관하고 있는지도 문의했으나 거기서도 학적부를 보관하지 않고 있

터 1933년까지 아동잡지 『별나라』와 『신소년(新少年)』에 과학 관계 글을 집중 쓴 것으로 보아, 그가 특과에서 과학을 주로 공부했던 것으로 판단된다.

김병호가 문학에 관계하기 시작한 시기도 당시 학교 때부터라고 생각된다.[17] 여기서 특히 엄흥섭, 손풍산과의 교우 관계를 고려할 필요가 있다. 엄흥섭, 손풍산과는 2~3년의 선후배 관계로 교유하면서 문학의 길을 같이 걸어갔던 것으로 판단된다.[18] 이런 점은 이들이 서로 동일한 지면에 글을 발표했을 뿐만 아니라 카프의 프로문학을 경남지역에서 이끄는 선봉 역할을 했다는 사실 등에서 충분히 짐작할 수 있다. 다만, 그가 과학을 전공했음에도 프로문학의 이념에 입각한 문학의 길을 가게 되었는지에 관한 저간의 사정을 현재로서는 알지 못하고 있다. 그렇지만 사물과 상황을 면밀하면서도 객관적으로 관찰하고자 하는 과학정신이 그의 문학정신을 키우는 데 어떤 방향으로든 작용하지 않았나 생각해 본다.

한편, 『음악과 시』 창간호에서 "소년시대 방랑생활(少年時代 放浪生活)"로 기록하고 있는 것으로 보아, 청년기 때부터 김병호는 방랑벽이 상

다는 답변을 받았다. 현재 경남공립사범학교의 학적부가 어디에 있는지, 아니면 소실되었는지를 파악하지 못한 상태에 있다.

17) 박태일에 의하면, 경남공립사범학교의 교우회지인 『비봉지연(飛鳳之緣)』(1925. 4)에 김병호와 김성봉이 일어시를 발표하고 있고, 엄흥섭이 「가을에 떠러진 나무입 하나」라는 시를 싣고 있다고 했다. 박태일, 「경남지역 계급주의 시문학 연구」, 『어문학』 제80집(한국어문학회, 2003. 6), 295쪽의 각주 7) 참조. 이 사실로 미루어 김병호는 재학시절부터 엄흥섭 등과 어울려 시의 습작을 한 것으로 생각된다.

18) 엄흥섭은 김병호보다 2년 아래인데 김병호보다 1년 뒤에 학교를 다녔고, 손풍산은 김병호보다 3년 아래이나 1927년 같은 학교의 강습과를 나왔으니 그보다 대학 2년 후배인 셈이다.

당했던 것으로 짐작된다. 왜 당시에 방랑생활을 했는지에 관해 구체적으로 알 수 없으나, 그의 방랑벽이 경제적으로 매우 가난했던 개인사와도 무관하지 않지만, 평소 서울 등지는 물론이고 일본으로 자주 드나들었다는 유족들의 증언에 의하면, 그의 방랑벽은 기질적인 요인이 더 크게 작용했던 것으로 보인다.

김병호가 문학활동을 본격적으로 하기 시작한 시기는 경남공립사범학교를 졸업하면서부터이다. 지금까지 찾아진 그의 시작품들 중 가장 앞서 발표된 작품이 시 「안진방이꽃」인데, 이 작품은 『조선문단(朝鮮文壇)』 1925년 4월호에 독자투고 당선시로 뽑힌 것이다. 이 이후 1925년 후반기부터 1926년 중반기까지 김병호의 시는 이외로 국내의 문단이 아니라 일본문단에서 찾을 수 있다.[19] 이경순 시인이 쓴 다음 글을 보자.

晉州 土種으로 普通學校 敎員이고 역시 抒情詩를 쓰고 하여 東京에서 발간했던 「文藝戰線」誌(필자 주 : 김병호의 시를 실제 이 지면에서 찾을 수 없다. 기억상의 오류로 보인다)에 작품을 발표한 金炳昊는 해방 후에 최종 勤務處이었던 咸陽 馬川國民學校長으로 發狂하여 釜山에서 凍死했다.[20]

이상에서 김병호가 초등하교 교사로 있으면서 시를 쓴 시인인데, 한때 일본 동경에서 시를 발표했기도 했다는 점을 알게 된다. 물론 위의 짧은 글에서 일본에서 시를 발표했던 지면을 잘못 말했고, 최종 근무지와 부산에서의 죽음 등에 관하여 실제와 어긋난 부분이 많은 등 오류가 많지

---

19) 김병호의 일어시에 관해서는 졸고, 「일제 강점기 부산경남지역 시인의 일어시 발굴 및 재조명 연구」(앞의 글)에서 논의한 바 있다.
20) 이경순, 앞의 글, 240~241쪽.

만, 김병호 시인의 존재를 새롭게 떠올리는 데 유용한 내용이 들어 있는 셈이다. 당시 발표된 김병호의 일어시는 조선공립보통학교 교사의 신분으로 있는 가운데서도 일시 일본으로 드나들며 발표한 것인지 아니면 국내에서 일본문단에 투고한 것인지 현재 알기 어렵지만, 『일본시인(日本詩人)』에 신인 대우를 받으며 여러 차례 작품 발표를 하고 있는 사실은 특기할 사항이다.

국내 문단에서 김병호의 글은 1928년 3월 이후부터 1936년 9월까지 9년 조금 남짓한 기간에 집중 찾을 수 있다. 이 기간 외에는 임화가 1939년 1월에 편찬한 『현대조선시인선집』에 수록된 시 「여수(旅愁)」와 광복기에 발표한 시 「말」 등을 추가로 찾았으나, 앞으로 자료 조사의 과정에서 그의 문학작품 목록이 더 늘어날 가능성이 있다. 그렇지만 현재까지의 목록만 해도 그는 일정 기간에 상당히 활발하게 문필 활동을 했다고 말할 수 있다.

그런데 김병호의 문학 성과 중에는 '김탄(金彈)'이란 필명으로 발표된 작품도 여럿이 포함되어 있다. '김탄'이 김병호의 필명임은 『음악과 시』 창간호(1930. 8)의 시인 소식란에서 '彈 金炳昊氏'라 한 데서 처음 확인되며, 같은 잡지에 「우리들의 片紙 往來」라 하여 "興變이가 炳昊에게" 보낸 편지를 공개했는데, 그 서두에 '彈!'이라고 시작한 데서도 거듭 확인된다. 이뿐만 아니라 김해강(金海剛: 본명 金大駿, 1903~1988)이 김병호의 부인 사망 소식을 접하고 그를 위로하기 위해 쓴 시 「위사(慰詞)」 (1932. 9)에서 "동모 彈·炳昊에게"라고 부제를 붙인 데서도 확인되며, 김병호 등 8인의 동요를 묶어 1931년 3월에 간행된 프롤레타리아동요집 『불별』[21]의 첫 자리에 '彈 金炳昊 篇'이라 하여 5편의 동요를 싣고 있는

데서도 '김탄'이 곧 김병호의 필명임을 분명히 알 수 있다. 그런데 이 '김탄'이란 필명이 1930년 이후에 주로 동시 등 아동문학 작품을 발표할 때나 문단의 지인들 사이에 사용된 점으로 보아, '김탄'이란 필명 자체가 동시 시인 또는 아동문학가로서의 면모를 떠올리게 한다. 그러면서 그 필명이 '쇠로 만든 총알'의 축자적 의미를 지닌다고 보면, 이 필명이 그가 추구한 사회주의 문학이념을 상징적으로 드러낸다고 말할 수 있다.

앞에서 본 설창수의 글에 의하면, 김병호는 광복 이후에 그가 들고 다니며 읊었다는 '유황천(硫黃泉)의 세례(洗禮)'란 제목의 시집 원고가 있었다. 그런데 아쉽게도 이 원고는 현재 소각되어 없어진 것으로 유족들이 전했다. 김병호가 광복 이후 방랑생활을 하는 도중에 그의 부인이 남편의 방랑벽에 화가 난 나머지 이 원고뭉치를 모두 불에 태웠다는 것이다. 그리고 김병호 자신도 1948년경에 정치적 격변을 겪으면서 좌익활동과 관련된 모든 기록물들, 즉 자신의 서가에 있던 모든 책들을 불살라 버렸다는 것이다. 참으로 안타까운 일이지만, 역사의 격랑에서 김병호와 그의 가족들이 당면했던 고난과 고통을 헤아리는 정도에서 그칠 수밖에 없다.

결과적으로 그는 현재까지 시집조차 한 권 남기지 못한 채 작고하고 말았다. 그런데 그의 작고와 관련된 설창수와 이경순의 기록은 사실과 다른 점이 있기에 바로 잡을 필요가 있다. 두 사람의 기록에 의하면 김병호는 1954년에 발광하여 1961년 경에 부산 해운대에서 동사(凍死)한 것으로 나타난다. 그러나 가족들의 증언은 이와 달랐다. 그가 1954년 마

---

21) 필자는 이 『불별』에 대한 자료 소개를 겸하여, 이 동요집의 서지와 체제, 그리고 이 동요집에 작품을 실은 8명의 시인들의 시작품들을 차례대로 논의한 바 있다. 졸고, 「계급주의 동시 이해의 밑거름 -프롤레타리아동요집 『불별』에 대하여」, 『지역문학연구』 제8집, 경남지역문학회, 2003. 9.

지막 임지인 백전국민학교(현 백전초등학교)에서 정신이상에 의한 방랑벽 때문에 해임된 것은 확인되지만, 그는 1961년이 아닌 1959년 음력 3월 15일에 56세의 나이를 일기로 사망했는데, 당시 오랫동안 방랑을 한 후에 집으로 돌아왔으나 이미 위암 말기에 이르러 한 달을 넘기지 못하고 사망했다는 것이다.

진주 시인 김병호는 확실히 파란 많은 삶을 살다 비극적인 최후를 맞이한 시인이며, 시집조차 하나 남기지 못하고 문학사에서 잊혀져갔던 불우한 시인이다. 앞으로 그의 문학 업적에 대하여 좀더 치밀한 조사와 논의가 이루어지겠지만, 이제라도 그의 이름을 문학사에 올리기 위한 노력이 필요하다는 것은 자명해진다.

Ⅲ. 김병호의 시 세계

김병호의 문학 활동이 여러 방면에 걸쳐 있지만, 가장 두드러진 면모는 시인으로서의 활동에 있다. 그것은 시 74편, 동시 17편의 성과가 말하듯, 9년 여의 짧은 기간에 가장 활발한 활동을 보인 영역이 동시를 포함한 시 장르에 있다고 보기 때문이다. 그런데 동시의 영역은 동화, 아동문학론 등을 포함하여 김병호가 아동문학가로서 갖는 면모를 별도로 고려할 필요가 있다고 판단하여, 일단 이 글의 시 논의에서는 제외하기로 한다.

김병호의 시는, 전체적으로 보았을 때, 시적 세계관의 측면에서 몇 가지 범주로 나누어 살펴볼 수 있다. 그의 시는 대체로 계급주의 의식을 바탕으로 민중의 계급적 처지에 대한 자아 각성과 민중의 현실 모순과 그 비극성에 깊은 관심을 둔 경우, 민족적 자기 정체성(self-identity)의 인식을 바탕으로 역사 현실을 비판적으로 성찰하는 경우, 시인 개인의 비극적 체험들을 형상화하고 있는 경우, 그리고 1930년대 중반 이후 세계관의 커다란 변화를 통해 현실로부터 일탈하거나 현실을 관조하는 태도를 보이는 경우로 크게 구분해 볼 수 있다. 이들 각각의 경우를 '민중의 주체적 각성과 현실 비판, 민족적 정체성의 인식, 개인사와 그 비극적 세계인식, 현실 일탈과 관조의 세계인식'으로 범박하게 구분하여 논의하기로 한다.

1. 민중의 주체적 각성과 현실 비판

김병호의 시는 「안진방이꽃」이 『조선문단』 제7호(1925. 4)에 당선되어 발표된 이래 국내 문단과 일본 문단에 걸쳐 있다. 그런데 이들 작품들은 기본적으로 민중의식을 시적 세계관의 바탕으로 삼고 있다고 말할 수 있다. 국내 문단의 경우 『대중공론(大衆公論)』, 『음악과 시』, 『전선(全線)』, 『비판』, 『별나라』, 『신소년』 등에 주로 작품을 발표했고, 일본 문단의 경우 『일본시인(日本詩人)』과 『전기(戰旗)』에 작품을 발표했던 것으로 나타난다. 여기서 국내와 일본 문단에서 시를 발표했던 잡지들이 당시 프로문학 단체가 직접, 간접으로 관여한 잡지들이었다는 점에서 그의 시작품들이 기본적으로 어떤 시적 세계관을 바탕으로 하고 있는지 짐작할 수 있다. 그리고 그가 카프(KAPF)의 일원이었던 엄흥섭, 손풍산, 양우정, 김해강 등과 어울려 지내며 문학활동을 했다는 사실에서도 그가 추구했던 문학이 바로 민중의식에 토대를 둔 문학이었음을 알게 한다.

먼저 1925년 4월 『조선문단』에 발표된 시로, 그의 문단 등단작으로 볼 수 있는 시 「안진방이꼿」을 보자.

해마다해마다
봄이되면은
일홈도업는풀밧헤
적고도아름다운
자색안진방이꼿이
피고는합니다.
남몰으게피는
그꼿이엇만은
그래도썩는이가
잇스니 어이하리
그래도짓밟는이가
잇쓰니 어이하리.

위 시는 독자 투고에 의한 당선시로, 사실 『조선문단』 편집진[22)]에 의해 다른 5명의 작품과 함께 5번째 자리에 발표된 작품이다. 당선작의 의미를 등단 추천작과 같은 차원에서 받아들이기는 어렵다. 이 작품을 선별한 「시선후감(詩選後感)」에서 "자미스럽은 것인 줄 안다. 깁히는 업다."라고 평한 것만 보아도 '당선작'에 의미를 크게 두지 않고 있음을 알 수 있다. 여기서 "자미스럽다"고 한 것은 '안진방이꼿'을 보는 관점을 두고 한 말인 듯하고, "깁히는 업다"고 한 것은 그러한 개성적인 관점을 형

---

22) 이 작품이 발표된 『조선문단』에 김억(金億)은 시단 월평을 쓰는 등 잡지의 편집에 깊이 관여하고 있음을 알 수 있다. 당시 시 부문은 김억이, 소설 부문은 이광수(李光洙)가 맡아 독자 투고의 작품들을 심사한 것으로 파악된다.

상화하는 수준이 얕다고 본 때문으로 보인다. 1행~6행이 앉은뱅이꽃에 대한 현상적 진술에 머물고 있고, 7행~12행은 앉은뱅이꽃에 대한 시적 화자의 감정이입이 시적 대상에 직접 투영되어 있다. 이렇게 보면 당시의 평이 그리 어긋난 것은 아니라고 본다.

그런데 역시 관심의 대상이 되는 것은 시적 대상을 보는 시인의 관점에 있다. "일홈도업는풀밧혜/적고도아름다운" 앉은뱅이꽃은 민초로서의 소외된 민중을 표상한다고 볼 수 있기 때문이다. 더구나 앉은뱅이꽃을 '썩는이'와 '짓밟는이'와 대립적인 관계로 설정함으로써 피압박자와 압박자의 대립 구도를 나타내고자 했다. 말하자면 김병호는 그의 시적 출발부터 민중지향의 의식을 뚜렷하게 드러내고 있었던 것이다.

그런데 이 「안진방이꽃」을 발표했을 때는 아직 국내 문단에 카프 (KAPF)가 공식 결성(1925. 8)[23]되기 이전이다. 김병호가 어떤 계기에 의해 민중지향의 문학 관점을 지니게 되었는지 자세히 알 수 없지만, 위의 작품을 통해 그가 경남공립사범학교 재학 시절부터 사회주의 이념에 대한 접촉이 있었던 것으로 추정할 수 있다.

김병호의 민중지향적 시 의식은 일본문단에 발표한 일어시 작품들을 거치면서 민족의식과 결부되기도 했다가, 다시 국내 문단에 발표한 작품들에서 한층 뚜렷하게 드러나기 시작했다.

눈오는밤에거-지들은어대서자나?   - 「설야(雪夜)」

---

23) 카프의 결성시기에 관하여 여러 주장이 있으나, 여기서는 권영민이 제기한 1925년 8월 23일 주장을 따르기로 한다. 권영민, 『한국계급문학운동사』, 문예출판사, 1998. 9, p.71.

나는深山에숨겨혼자피어혼자지는일홈업는옷　　－「고적(孤寂)」

　　그는모든理論을불살려바렷다　　－「×× 시인(詩人)」

　　촌사람주먹가티꽉들어붓헛다　　－「자아(自我)」[24]

　　위의 작품들은 특이하게 '1행시(一行詩)'로 발표된 것이다. 이들 작품
들이 일본의 하이꾸(俳句)에 상응하는 것으로 생각하여 창작한 것으로
보이지만, 현재까지 3차례 정도 1행시를 지어 발표한 것에 그치고 있
다.[25] 이들 1행시 작품들은 관념을 사물에 비유하거나 상징적 상황을 설
정하여 표현하는 방식을 보여주고 있는데, 매우 짧은 기간에 시험적으로
쓴 작품 이상의 의미를 지니지 않는다고 본다.
　　그런데 1행시 작품들 중 상당수가 민중지향적 시 의식을 드러내고 있
다. 「설야」에서 거지, 「고적」에서 "일홈업는옷"은 민중적 존재의 표상들
이라 하겠으며, 「××시인」에서 행동적 실천, 그리고 「자아」에서 민중적
저항 심리를 주제로 하고 있다고 말할 수 있다.
　　민중지향적 시 의식을 드러내는 작품으로 눈길을 끄는 것이, 진주에서
발행된 『신시단』창간호(1928. 8)에 발표된 시 「살생(殺生)!」이다.

　　　소는 푸주간에쓰을여들어갈제
　　　오날하로해에 만흔논 갈기前에
　　　으레희 어더먹는죽맛을 생각하고

---

24) 이상『조선일보』, 1928. 3. 15.
25) 1행시의 작품 발표는『조선일보』지상에 1928년 3월 15일 외에 1928년 4월 3일과
　　1928월 5월 1일에 두 차례 더 이루어졌다.

쉬-ㄱ 하고 콧숨한번들어 쉬었드니

어이하랴 칼든사람들 엽혜서우고
곱비잡아 세박귀 돌이드니
큰도키로 정뱅이 탁치고나니
집채넘어지듯 소는大地에 죽어넘어지도다

그쌔에일흠모를 파랑새함머리
쎄직구 쑥지털며 날어서昇天하고
풀입헤 銀이슬이 불으르떨어지네!

— 「살생(殺生)!」 2〜4연

일제 강점기, 특히 1930년대에 들어서 소를 제재로 한 작품들이 집중 창작되었다. 그리고 이들 작품들을 통해 소의 이미지는 '일하는 소', '팔려가는 소', '속박된 소', '저항하는 소' 등으로 다양하게 나타났다.[26] 위의 시 역시 소를 제재로 한 작품으로, 다른 작품들보다 먼저 발표되었다는 점에서 소 제재 작품의 선편에 해당하며, 푸줏간에서 도살당하는 소의 비극적 죽음을 통해 '속박된 소'의 비극성을 한껏 고조시키고 있다는 점에서 주목을 끈다. 그러면서 이 시의 결구에서 소의 비극적 순간을 "그쌔에일흠모를 파랑새함머리/쎄직구 쑥지털며 날어서昇天하고/풀입헤 銀이슬이 불으르떨어지네!"라고 묘사함으로써 죽음의 비장함을 극적인 아름다움으로 승화시키고 있다. 시적 화자의 감정적 절제를 통해 죽음에 대한 서정적 감동을 불러일으킴으로써 비장미의 극적 표출에 성공하고 있는 부분이다.

---

26) 서범석, 『한국 농민시 연구』, 고려원, 1991. 4, pp.272〜283.

소 제재의 시편들은 대부분 소를 민중의 표상으로 설정하고 있다. 위의 시에서도 소는 큰 도끼와 칼을 든 사람들인 가학 집단들에 의해 일방적으로 속박 받고, 결국은 비극적 최후를 맞이해야 하는 피학대의 존재로 그려져 있다. 여기서 소는 민중, 더 직접적으로는 농민을 표상하는 시적 상관물이라 하겠으나, 이 단계에서 자신이 처한 존재의 불합리성을 제대로 인식하지 못할 뿐만 아니라, 가학 집단들에게 어떤 저항도 해보지 못하고 일방적으로 피해만 당하는 '왜소한' 존재에 머물러 있다.

이런 사정은 1930년대에 들어서 발표된 작품들에서 달라진다. 그의 시는 1930년대에 들면서 민중지향적 시 의식을 한층 뚜렷이 나타내는 쪽으로 나아갔다. 「경성행진곡(京城行進曲)」, 「그러케 내가 뭐라 하든가」, 「천화(天禍)」, 「일하는 농민(農民)」 등 일련의 작품들이 그것이다. 이 가운데 앞의 두 작품은 노동자 계급의 전위적 지하활동을 그리고 있거나 부르조와 계급에 대한 적개심을 노골적으로 나타내고 있는 작품들이고, 후자의 두 작품은 특별히 농민을 시적 주체로 삼으면서, 당대의 농민들이 처한 비극적 농민 현실을 사실적으로 그려내는 농민시 작품들이다.

먼저 전자의 두 작품을 보자.

① 이사람아 그러케내가 뭐라하든가
  洋服에솔질자주하고 게집애만오면 벙글벙글웃으며
  무엇아는듯키 써들대는 그놈을 밋지마라고
  고짜위놈이 우리의일을 最後까지 지지할줄알엇든가
  대체로×××색기는 ×××행세쌘이 못하는젤세그려
       ×
  ……(2연 생략)……
       ×

이사람아 고놈들이 하나둘 우리의×內에서 버서지나간다고
앗가워할것도못되고 두려워할것도 아모것도 업거니와
그런것들이 우리×內에 잇서서는 일을못하느니
그러케 내가 자네보고 뭐라하든고
그런것들은 ××한번이면 고만되고 말어질種類들이라고─

─「그러케 내가 뭐라 하든가」에서[27]

② 地下室 어둔곳에 사람들모여
　千장萬장 프린트 백히고잇다
　×××× 안에서 주은쎄라들
　님쎄들인 片紙속에 너허보냇네

　京城안 넓다한들 몸둘곳업서
　이밤도 脫走하는 동무가잇다
　당신은 勞動者요 나는女職工
　맛내기 어런님이 더그립고나

─「京城行進曲」 2, 3연[28]

위의 두 작품 모두 매우 거친 직설적 언술로 이루어져 있다. 당시 프
로시의 한 전형을 이루었던 선전·선동의 아지·프로시에 해당한다. 그러니
까 김병호의 시는 프로시의 일반적 범주에 속해 있으면서, 시적 형상화
의 측면에서 대부분의 작품들이 함량 미달이라고 해도 과언이 아니다.
게다가 ②의 시는 4행씩 7·5조의 정형률을 고답적으로 따르고 있기에 그
형식과 수사의 양면에서 1930년대 작품으로서는 퇴행적인 수준을 보여

---

27) 『음악과 시』 창간호, 1930. 8. 15.
28) 『조선일보』, 1930. 2. 13.

준다. 그럼에도 위의 작품들을 거론하는 까닭은 시인 개인의 시 창작 과
정의 변화를 읽어내고자 하는 데 있다.

　김병호는 1930년대로 넘어가서 쓴 시작품들을 통해 프롤레타리아의
계급적 모순과 그 불만을 직접적으로 드러내면서 그 전위적 행동성을 부
각시키고 있다. 시「천화」, 「일하는 농민」도 기본적으로 이와 같은 의식
에 토대를 두고 쓰여진 농민시 작품들이다. 먼저「천화」를 보자.

> 우리는 朝鮮에서 땅파먹고사는 農軍이로세
> 初봄에 밤낮일헤동안을 팔둑에몽오리가돗치도록 洞里압둠벙에 물퍼
> 서 모자리를 겨우만들어 모씨를쑤려두엇드니
> 한달열흘을 비한방울이 안썰어저서 소사나는둠벙에물도 한달만에는
> 다쏠아저바렷다
> 엇지세고 땅에물쌜만하게 비가쏘다지기에
> 빗내여 싹군데려 어널널상사뒤 모심엇드니
> 그모가쑤리잡아서기도前에 논에물은 말나버리엿지
> 심어놋코한달도못된 베가배―배쪼여말나들어가는것을――
> 사람치고 어대참아볼수잇든가
> 배골여말나들어가는 얼인子息보는것보담 더참혹하든걸!
> 발서가을은 지나갓네
> 닷마지기논에서 한짐도못되는풀닙흘 비여온들무엇하나 속만상하지
> 肥料갑, 씨갑, 일군싹 으로내여쓴 돈은무엇으로갑나
> 地主에게는 무엇으로小作料를주나
> 免除― 그런소리말게 논을쎄이면 엇더케하게
> 昨年에도 멜오가들어서 나락이적게낫서도 小作料는쪽갓치바다가데!
> 그건제처놋코도 대체이치워오는겨울을 무엇을먹고사누 웅!
> 봄여름먹고산빗에 발서執行을두번이나當하얏쓰니 자―싸질머지고 빌
> 어먹으러나서세 나서―
> 그래도兄弟間이낫데――

집팔고쫏겨난 잇흔날兄님집으로 염체업시밀어들엇드니 (食口넷이서)
작은房을비여주고 糧食쌀을쑤어주데 그들도살아가기거북한판에——
日本을갈야고旅費만들어둔것을 그리저리하다가 다—싸먹고
쏘품파리나섯네 나는작알놀지기 안해는製絲工場에.
地主에게 사정하야 보리도심어두엇네
보리닙히 파—랏케 잘아나기를始作하자
北風이불고 치위가와락더하야지더니——
인제는 째안인 겨울비가장마저 퍼붓네그려
그비가끗치고나더니 막쏘라붓치드니
얼엇네—얼엇네 보리밧치얼엇네
언보리는 쑤리채 썩엇네 쑤리채막썩어버렷서
自然과 天候에 마음업는줄은 판연히알건만은 그래도 이다지도 이땅의
百姓들만을못살게구는가하니
呼訴할곳업는憤怒가 저녁노을과도갓치寂寞함을 늣기게하이
團結이다 團結!다맛이것만이우리를우리스사로 救하야줄最後의길인줄
을——
農軍들아 알어내자 새世紀의行進曲에발을맛추며나아가자 나아가!
— (一九二九年의엇던農夫의 生存記의한토막으로) —

— 「천화(天禍)」 전문[29]

위의 시는 "一九二九年의 엇던 農夫의 生存記의 한 토막으로"라는 부
제가 붙어 있듯이, 어떤 농민의 체험적 이야기를 담고 있는 서술시
(narrative poetry)이다. 우선 이 시의 배경이 되는 1929년을 즈음한 시기는
어느 때보다 농민들이 살기 어려웠던 시기이다. 1920년대 후반부터 일제
의 산미증산계획에 따라 농민들이 힘써 지은 쌀 등 곡물이 일본으로 유
출되어 갔을 뿐만 아니라, 위의 시에서 보듯, 가뭄, 홍수, 혹한 등의 자연

---

29) 『대중공론』 제4호, 1930. 3.

재해로 인하여 쌀 생산은 오히려 줄어들었다. 게다가 1929년부터 시작된 세계경제대공황은 농산물 가격의 폭락을 불러왔다. 이런 상황에서 특히 소작농의 처지에 있던 농민들은 비참한 삶을 이어갈 수밖에 없었다. 그러다 상당수는 농토를 버리고 고향을 떠나 도시의 노동자로 품팔이를 하거나, 이민자의 대열에 끼어 간도 등지로 살길을 찾아가거나, 아니면 유랑걸식을 하며 고통스런 삶을 살아야 했다.

1930년대 들어 이와 같은 농민 현실을 담은 농민시 작품들이 대거 발표되었다.[30] 위의 시도 당대의 비참한 농민 현실을 매우 사실적으로 반영하고 있는 작품이다. 그런데 이 시는 자연재해로 겪는 소작농의 비극적인 상황을 들추어내는 데 초점을 맞추고 있으나, 지주와 소작농의 대립적 갈등을 첨예화시키고 있지는 않다. "地主에게는 무엇으로 小作料를 주나", "地主에게 사정하야 보리도심어두엇네"라고 한 대목에서 보듯, 지주와 소작인 사이의 계급 차이와 현실적 관계를 그대로 인정하고 있다. 이처럼 이 시는 농민들이 겪는 현실적 질곡을 사실적으로 들추어내는 한편 그러한 현실을 극복하는 방안으로서 농민의 단결과 전진을 호소하는 데 치중하고 있다.

그런데 다음 시는 소작인과 지주 사이의 계급적 모순과 갈등을 분명히 하고 있다.

> 나의 ××는 한자루의 광이와 낫쓴이다
> 그러고 돌기둥가튼 다리와 起重機가튼팔
> 황소와가튼 健全한몸은 토락타 이상의로동을한다
> ……(중 략)……

---

30) 이와 같은 사정은 서범석, 앞의 책, 134쪽 참조.

봄여름 피쌈흘이고, 손톱발톱다 달케
죽도록 일하고 것군 벼와 전곡은가는곳이 어대냐 어느×의 차지냐, 昨
年에도이랫고, 再昨年도이랫다 十年을 이래오고, 二十年 아니半生을이러
고말게냐

어널널 상사뒤 農軍들아
今年은凶年이다 뭣먹고살네
小作料 거름갑 빗은엇저고
엄동설한 얼인처자뭣먹일네
헐버슨 父母兄弟 뭣입필네
낫이라도 괭이라도 ×××××
어허널널 ×××…………

—「일하는 농민(農民)」 중에서[31]

위의 시가 쓰여진 단계에서, 농민은 더 이상 왜소한 존재가 아니다. 돌
기둥, 기중기, 황소와 같이 건강한 몸과 강한 힘을 가진 노동자로서의 존
재로 비유되어 있다. 이제 농민은 노동자와 구별되는 존재가 아니라 노
동자와 함께 프롤레타리아의 계급 해방을 위해 투쟁하는 동반자로서의
연대의식을 가지게 된다. 그것은 "봄여름 피쌈흘이고, 손톱발톱다 달케/
죽도록 일하고"도 그 결과가 "어느×의 차지"로 되는 계급적 현실의 모순
이 농민과 노동자 모두에게 공통적으로 해당되기 때문이다. 그리고 이와
같은 계급적 현실의 모순이 변함 없이 지속되어 왔다는 점에 분노하면
서, 농민도 낫과 괭이를 들고 계급 해방의 전선에 나서야 한다는 메시지
를 <농부가>의 민요 형식을 이용하여 제시하고 있다.

31) 『비판』 제21·22합호, 1933. 3. 1.

그런데 김병호의 이러한 민중지향적 세계인식은 1930년대 중반 이후 크게 변화된다. 이 점에 관해서는 뒤에서 언급되지만, 그가 왜 이렇게 세계인식의 커다란 변화를 보여주었는지에 관한 의문은 풀어야 할 과제로 남는다.

2. 민족적 정체성의 인식

김병호가 일본문단에 발표한 일어시 작품들은 민중의식을 바탕으로 하면서도 그것을 민족적 정체성을 인식하는 방향에서 표출시키고 있다. 일제 강점기의 현실에서 무산계급으로서의 민중의식을 민족 전체의 문제로 확대시킬 경우, 민족 전체가 일본 제국주의에 대응하는 무산계급의 상황에 놓여있음을 인식하게 된다. 물론 그렇다고 김병호가 당시 계급주의와 민족주의를 통합적으로 생각하는 절충적 입장을 견지했던 것은 아니다. 사실 그에게 민족의 문제는 당시 '조선인'으로서 가지는 본질적 인식의 문제에서 촉발되고 있음을 그의 시작품을 통해 확인할 수 있다. 더구나 일본문단에 발표하는 일어시는 이미 표현 수단으로서의 언어에 대한 정체성을 상실한 상태에서 쓰여지는 것이기 때문에 시적 제재나 상황이라도 주체적 인식 속에서 형상화할 것을 자연스럽게 요구한다고 말할 수 있다. 시인 김병호가 '조선인'으로서 일어시를 썼던 근본적인 이유도 여기에 놓여 있는 것이다.

> 오늘은 조선의 추석날이다
> 불쌍한 민족에겐 둘도 없는 위로의 날이다
> 대홍수도 있었지만

폭풍우의 기습도 당했지만
그러나 오늘만은 누구네 집에도
한 그릇의 국과 한 병의 술이 있다
……(중 략)……
저녁 무렵에는 농악대가 반주하고 노래부르며 북적거린다
목숨을 부지하는 전답에는
풀만 무성하게 자라고 있는 것을
잊기라도 한 듯이
내일부터 또다시 일을 하지 않으면
먹을 것은 아무 것도 없다
그들 자신들을 잊기라도 한 듯이
오늘 이 하루를 노래하고 즐긴다
불쌍한 민족에겐 둘도 없는 위로의 날이다.

— 「오늘은 조선의 추석날이다(今日は朝鮮のお盆です)」 전문32)

위의 시는 수미상관과 도치, 그리고 대조의 기법을 사용하고 있지만,
전체적으로 직설적인 언술로 이루어진 작품이다. 따라서 시적 수준에서
별로 볼 것이 없으나, 우리의 세시명절인 추석을 시적 소재로 삼았다는
점에서 일단 정체성을 갖는다. 그러면서 이 시는 일상의 고통스런 현실
과 이를 잊고자 하는 추석의 상대적 흥겨움과 위로의 상황을 날카롭게
대조시켜 놓으면서, 궁극적으로 추석이 갖는 아이러니를 통해 민족 현실
의 모순을 들추어내고 있는 것이다.

다음의 시 「갈대(蘆)」도 현실에 대한 자조와 비판의 목소리를 담고 있
되, 그것이 민족의 역사현실과 결부되어 있다는 점에서 관심을 끈다.

---

32) 『일본시인(日本詩人)』, 1925. 12.

갈대여! 빨리 크게 자라라
불쌍한 동포가 초가집 두더지가 사는 구멍같은
온돌에서
배고픔을 잊을 정도로
생각하고 생각하면서.

우리 조국은 망한다
나는 어떻게 할 방법이 없다
술을 마시고는 노래를 부르고
너를 안고 울 것인가.
콧노래를 부르면서
언젠가 눈물을 흘리면서
뜨개질을 하는 것 같이.

— 「갈대(蘆)」일절33)

위의 시는 민족현실에 대한 자조의 심정을 갈대에 의탁하여 표현하고
있는 작품이다. 여기서 민족은 연약하면서 하얗게 말라 가는 갈대의 존
재에 상응하고 있으면서, 가난으로 하루도 목숨을 이어가기 힘든 현실을
두고 "우리 조국은 망한다"는 극단의 자조와 함께 현실 도피와 비탄에
빠지는 자포자기의 심정까지 드러내고 있다.

나는- 조선인이다!/나라도 없으면 돈도 없다/즐거운 일이라곤 물론 없
지만/애처로운 눈물도 없애버렸다//도덕이란 도대체 무엇인가!/일조융화
(日朝融和)란 어떤 것인가!/우리들은 너무나 속고 있다/조상 대대로 살아
온 집은 누군가가/조상 대대로 전해온 논밭은 누군가가/걸신들린 듯이 앗
아가 버렸다/지금은 몸둥아리 하니뺀인 이 몸이 남아있을 뿐이다//너희를

---

33) 『일본시인(日本詩人)』, 1926. 9.

은 일하라고만 말하는 것인가!/너희들은 우리들이 게으름이라도 피우고 있다는 것인가!/도대체 일할 곳이 없는데 어떻게 하는가!//그리운 고향의 산천을 뒤로하고/북으로는 남만주 동으로는 일본으로/밀려가는 여보들은 어떻게 하라는 것인가/나조차 몸을 적국(敵國)에 옮겨갈 수밖에 없는 마음을/너희들은 알 수 없을 것이다!//어디로 갈 곳도 없고/그저 행복을 염원하는 마음이/영주할 땅이 있다고 기어이 믿고야 마는 마음이/오늘도 오늘도 수백의 백의인(白衣人)을 태웠다/관부연락선(關釜連絡船)이 뿌- 소리를 낸다!/마지막이 막장 끝인가 탄광에서 종말을 맞이하더라도

- 「나는 조선인이다(おりやあ朝鮮人だ)」에서[34]

이 시는 무산계급의 프롤레타리아의식이 민족의식과 결합되어 일제하의 민족 전체가 프롤레타리아의 계급적 상황에 놓여 있음을 전제하고 있는 작품이다. "나라도 없으면 돈도 없고/즐거운 일이라곤 물론 없지만/애처로운 눈물까지 없애버렸다"고 한 대목이 민족의 무산계급적 현실을 말하면서 그 비극적 상황을 강조하고 있다. 그런데 민족현실에 대한 비극적 인식은 계급적 관점에만 놓여 있는 것이 아니라, "나조차 몸을 적국(敵國)에 옮겨갈 수밖에 없는 마음을/너희들은 알 수 없을 것이다!"의 대목에서 드러나듯이, 일제의 비인간적 착취와 수탈에 대한 인식이 '적국'으로 분명히 표현되고 있다. 이는 이 작품이 프롤레타리아의 계급의식을 관념적 차원에서 막연하게 표현하고 있는 것이 아니라, 민족현실에 대한 사실적 인식을 기본 축으로 삼아 계급의식을 현실적 구체성 속에서 형상화하고 있는 것이다. 일어로 쓰여진 이 시가 오히려 일어로 쓰여졌기 때문에 더욱 의의를 가지는 까닭도 여기에 있다. 일제 강점기에 국내

---

34) 『전기(戰旗)』, 1929. 3.

에서 쓰여진 작품들이 일제의 검열과 탄압에 의해 항일의 목소리를 낮추
거나 은밀하게 표현할 수밖에 없었던 사정과는 달리, 이 작품은 일본문
단의 한 가운데서 항일의 목소리를 민족적 정체성의 토대 위에서 유감없
이 표현했다고 말할 수 있다.

　일본문단에서 일어시를 통해 구현하고자 했던 민족적 정체성은, 작품
발표가 일본에서 이루어진다는 상황적 인식에서 말미암은 부분도 있겠
지만, 근본적으로 민족과 국가에 대한 순수한 열정에서 비롯되었음을 국
내 문단에 발표된 다음의 시 「조선아!」에서 읽어낼 수 있다.

> 조선아!
> 조선의쌍아!
> 조선사람아!
> 너는 이붓자식이냐!
> 너는 私生兒이냐!
> 조선아! 너희일홈은
> 얼마나아름답고시원하냐만은——
> 사람들이 너를들먹이기를실허하며,
> 우리가너를생각하고 깃드릴째엔
> 새로운悲哀를늣기게되나니, 어인일이냐!
> 조선사람아! 조선의쌍아! 아조선아!

> ― 「조선아!」 전문[35]

　위의 시는 '조선'을 단지 의인화시키고 있는 점 이외에 시적 표현에서
특별히 감쌀만한 점은 없는 작품이다. 직설적 표현과 반복, 지나치게 흥

---

35) 『문예공론』 창간호, 1929. 5. 3.

분된 어조 때문에 시적 긴장을 확보하지 못하고 있는 졸작이다. 그런데 이 작품은 당시 『문예공론』창간호의 '신진시단(新進詩壇)'란에 한정동(韓晶東: 1894~1976), 박아지(朴芽枝: 본명 朴一, 1905~1959) 등의 시와 함께 양주동(梁柱東: 1903~1976)의 추천을 받아 발표된 작품이다. 여기서 양주동이 왜 이 작품을 신진시단에 추천 작품의 하나로 뽑았을까 하는 의문을 가지게 된다. 그것은 이 시에서 '너'로 대상화된 '조선'을, "우리 가 너를 생각하고 깃드릴째에"라고 했듯이, '우리'의 민족과 공동 운명체로 인식하는 것을 바탕으로 "얼마나 아름답고 시원하냐만" "새로운 悲哀를 늣기게되"는 역사 현실에 대한 역설적 인식을 긍정적으로 평가했기 때문이라고 생각한다.

김병호의 시는, 비록 일정한 기간에 걸친 몇몇 작품의 논의에 국한되었지만, 일제 강점기에 민족이 처한 비극적 현실을 정면으로 떠올리면서 일본문단에 고하는 한편 민족적 정체성의 인식을 바탕으로 현실의 모순적 상황에 대하여 비판적인 성찰을 하고자 했다. 그의 시가 시적 형상화의 능력을 충분히 갖추지 못한 한계는 있지만, 민족적 정체성의 인식을 뚜렷이 보여주는 이들 작품들은 일제 강점기의 현실에서 민족 본위의 대항적 담론을 읽을 수 있다는 점에서 매우 소중하게 받아들일 가치가 있다고 생각한다.

3. 개인사와 그 비극적 세계인식

김병호의 시작품들 중에서 개인적 체험에 바탕을 둔 작품들을 여럿 찾을 수 있다. 청년기의 방황하는 심리를 나타내는 「밤과 거리」, 어린 처자식을 남겨두고 고향을 떠나는 착잡한 심정을 노래한 「고향(故鄉)을 써 나면서」, 먼 객지에서 외로움과 병고로 고통받고 있는 심정을 노래한 「병상(病床)에서」, 아내와 어린 자식을 졸지에 잃은 슬픔을 노래하거나 이 들을 그리워하는 「어린 영(靈)에」, 「안해의 영전(靈前)에」, 「어데 갓느냐!」 등의 작품들이 그것들이다.

　이들 작품들은 시인의 개인적 체험을 반영하는 만큼, 시의 화자가 시 인과 분리되지 않으면서 체험의 진실성에 호소하는 작품들이다. 여기서 체험의 진실성은 시의 리얼리티를 확보하는 기본적 요건이란 점에서 김 병호의 시는 대체로 리얼리즘의 정신을 구현하고자 한 것으로 보인다. 그런데 체험의 진실성이 곧 시의 리얼리티를 담보하는 것은 아니다. 시 적 화자의 목소리가 시적 대상과의 거리를 지나치게 좁힐 경우, 감정과 잉의 목소리에 의해 시의 리얼리티가 오히려 손상될 수도 있기 때문이 다. 따라서 시적 화자의 목소리는 적절하게 제어될 필요가 있는데, 개인 사를 드러내는 김병호의 시들은 감정 제어의 목소리를 효과적으로 유지 하고 있지는 못하다. 그것은 개인사와 관련된 체험이 자신의 인생사에서 너무나 가혹한 것이었고, 골수에 사무칠 정도로 결코 잊지 못할 비극이 었기 때문이다. 이런 점에서 그의 시는 개인사의 비극들을 오히려 진솔 한 감정으로 독자에게 호소함으로써 시적 감동을 이끌어내기도 한다.

> 이제 내고향에는 새봄이와서 꼿치피고 새가우네
> 내 아침일즉부터 저녁늣도록 일터에서 날마다 짜들리는지라
> 아직썻 어린아들의손을붓잡고 郊外에散步한적도 업섯다
> 쯧맛는 벗으로부터 山우에올라 鬱憤한가슴을 풀어 노래도불러보앗네
> 이제내 웃명령을바다 山中에도 지독한山谷으로 밥줄을차자가네

어린妻子를 남의집겻방에다 울리어두고 뜻마자오고 가든벗의 씩씩하
　면서도 섭섭해하는얼골들을 뒤에다두고
　　이맑고도 보드라운 봄하날아레를 쿵쿵거리는車를타고몰려가네
　　어린妻子의 한카치로 얼골덥는 애처로움을뒤에다두고
　　동무들의 가서잘싸워라하는 흔드는帽子들을 남기어두고
　　외로운 未知의쌍과 사람들을차저 털털거리고 故鄕을써나가네
　　　　……一九三〇. 四. 四日에……

　　　　　　　　　　　　　　　　　—「고향(故鄕)을 써나면서」에서[36]

　그의 전기적 자료에 기대면, 그는 1927년부터 3년간 진주공립보통학
교 교사로 있다가 1930년에 생림공립보통학교로 전근을 가게 된다. 말하
자면 고향 진주를 떠나 멀리 김해 생림의 시골 학교로 가게된 것이다.
위의 시에서 이런 상황을 "이제내 웃명령을바다 山中에도 지독한山谷으
로 밥줄을차자가네/어린妻子를 남의집겻방에다 울리어두고 뜻마자오고
가든벗의 씩씩하면서도 섭섭해하는얼골들을 뒤에다두고"라고 표현한 것
으로 보인다. 가족과 "뜻맛는 벗"을 멀리 두고 고향을 떠나는 섭섭함과
안타까움, 그리고 혼자 외롭게 미지의 땅으로 가야 하는 두려움을 비교
적 진솔하게 나타내고 있다.
　그런데 김병호는 김해 생림으로 떠난 후부터 심한 신병에 시달리게
된다는 사실을 시 「병상(病床)에서」를 통해서 알 수 있다.

　　내몸 외로운 客地에서 病에누은몸되니.
　　괴로움과 설엄이 이에더할배 업소리라 밧갓世上에 어느듯 歲月은흘너
　　새해됏난지.

---

36)『조선일보』, 1930. 4. 11.

……(중 략)……

이내몸 들여다보아주는 사람도업시 문박게도 못내다 보는지라.

몽롱한꿈속에서 생각은멀니 故鄕의 어린妻子를 그리워하며.

지나간 녯날의追憶만이 어지러히도되써드나니.

오!몸서리나는 그째의 그장면이 쏘다시 날을싸고 만도는고나.

이내몸이다지도 쇠약해짐도 병에잣어짐도.

모도다××놈들의 ××이엿다. 밤에도밤중 술처먹은 두세놈 날불너내여.

혁대 연필 삼줄 물 물 물 세멘도바다 내대구리야―악―.

째치고나면 꿈꿈꿈 왼몸에 식은쌈 물흘으듯.

이다지도 괴롭게하는 꿈을거듭하는 내몸과 의지의 약함이여.

새봄이오면 고목남게도 새꼿이피여 나나니.

이내몸 어서만 병상을 박차고일어나여라.

― 「병상(病床)에서」 중에서37)

위의 시에서 보듯, 시인은 객지에서 가족을 멀리 두고 지내는 외로움과 서러움, 그리고 고향에 돌아가고 싶은 향수병에 몸져눕게 된다. 그런데 시인을 더 괴롭히는 것은 객지에서의 고독감과 향수병이 아니다. 그것은 밤마다 꿈에 떠오르는 심한 환각으로 "몸서리나는 그째의 그장면"이다. "혁대 연필 삼줄 물 물 물 세멘도바다 내대구리야―악―"이라고 표현한 것처럼, 어떤 이유인지 시에 구체화되어 있지 않지만, 김병호는 혹심한 고문을 당하고 그 후유증에 시달리고 있음을 알 수 있다. 아마도 그가 일본이나 진주에 있을 때 있었던 어떤 사건으로 혹심한 고문을 당한 것으로 추정할 수 있다. 그러면 그가 진주에서 김해 생림의 산골 학교로 전근을 가게 된 것도 모종의 사건과 관련된 좌천의 성격을 지니는

---

37) 『비판』 제11호, 1932. 3. 1.

것으로 파악된다.

　김병호의 개인사적 불행은 여기서 그치지 않는다. 그는 3년 아래의 아내와 결혼을 하여 슬하에 1남(막내) 2녀를 두었던 것으로 파악된다.[38] 그런데 1931년 2월에 둘째딸 '성희(星姬)'를 잃게 되고, 다시 막내이자 첫아들[39]이 생후 2개월이 된 1932년 6월[40]에 26세의 나이로 아내가 산후 병고로 세상을 떠나는 비운을 맞는다. 먼저 자식을 잃은 슬픈 심정을 노래한 다음 작품들을 보자.

　① 그러케도 넉넉하든 그性이
　　오늘에는 다시 어느곳서 차저볼길이업고
　　날샌 비들기처름 뛰놀든 그몸둥이가
　　그다지도 쉽게 싸늘하게 굿어도 지는지라!

　　……(2~4연 생략)……

　　머리우에션 종달새 울부짓고
　　언덕아래 풀닙이 솟아들나고
　　어린處女들 나물캐러나와 노래도불은다
　　星姬야!

---

38) 김병호는 3년 아래인 신씨(辛氏)와 1926년에 결혼하여 1932년 부인이 사망하기까지 1남 2녀를 두었다.

39) 호적상에 나타나지 않지만, 첫째 부인 신씨에게 태어난 아들은 홍기(弘基)였다. 그는 14~5세 경에 익사했다고 한다.

40) 김해강 시인은 김병호의 부인 사망 소식을 접하고, 그를 위로하는 「위사(慰詞)」의 시를 썼는데, 그 서두 ' 다음과 같은 구절이 있다. "모닥불 나려 쪼는 六月의 炎天에/恨만흔 晉陽의녀름은 슬픈소식을 벗들에게 傳해 주는구나./간 안해의 령을 우는 동무 彈兄아."라고 했는데, 시 「위사」가 1932년 9월에 발표되었으니, 여기서 '六月'은 바로 그해 1932년 6월인 것이다. 여기서 김병호의 부인이 1932년 6월에 사망했음을 알 수 있다.

봄은다시와서 이러케도 大自然은 豊富하건만!
네간길은 어대냐 아그어대냐 다시는 두번다시는 오지를못하는—
　　　　　— 一九三二. 二. 二七日 次女星姬의 죽은날에

　　　　　　　　　　　　　　　　　—「어린 영(靈)에」에서[41]

② 불러도 울어도 안오논 너를 어리석은마음은 또다시 山으로 가서
　푸른잔디 오목한 한줌의 네무덤을 부여잡고 뚜다리며
　울부짖는 이어미의양을 너는 어데서보느냐
　靈이라도 있거든 내가슴에 품안겨라
　안보이는 네姿態 꿈에라도 보이여다오!

　땅을뚜다려 울다울다 氣盡하야 山아래 길을내려다보니
　고은새옷들입고 오가는아이들의 무리무리
　너도저가운데 있나보다 보안것같다

　××야 ××야!
　게있거나 게있거라
　이것먹어라 이옷입어라
　××야! ××야!
　　　—秋夕日에—

　　　　　　　　　　　　—「모성애송(母性愛頌) -어데 갓느냐!」에서[42]

　어린 자식을 잃은 슬픈 심정과 그 자식을 그리워하는 부모의 심정이
매우 애절하게 표현되어 있다. ①의 시는 끝에 붙은 "一九三二. 二. 二七
日 次女星姬의 죽은날에"라고 하고 본문 중에 "봄은다시와서"라고 한 것

---

41) 『비판』 제12호, 1932. 5. 1.
42) 『비판』 제24호, 1935. 10. 15.

으로 보아, 둘째딸 '성희(星姬)'가 1931년 2월에 졸지에 죽게 되고, 1년 후 무덤에 가서 딸아이를 애절하게 그리워하는 심정을 나타낸 시를 쓴 것으로 보인다. ②의 시는 딸아이가 죽은 지 4년여의 세월이 흐른 후 추석을 맞이한 날에 또래 아이들이 새옷을 입고 노는 모습을 보면서 자식에 대한 솟구치는 그리움을 노래한 작품이다.

그런데 아내의 죽음을 맞이하고, 아내를 조상하는 다음 시에서는 감정의 흥분을 다소 가라앉히면서 자신의 삶에 대한 자기성찰과 미래에 대한 다짐까지 보여주고 있다.

> 그대와나는 朝鮮에 태여난 가난한아들딸
> 또나든 그날부터 가난에짜들이든그대와내
> 가난하기 때문에 고생도많이하고 한껏고닯어
> 얼인 자식과 將來를 생각든 오-그대는
> 밥을굶어도 몸이앞어도 그저참고만지냇드니라
> 男便을 멀니떠여 ××터로보내고
> 집안生計를맡고 아들딸을 맡어
> 글안해도弱한몸에 얼마나 無理를하엿기에
> 그다지도 쉽게속히 가고는말엇느냐
> 二十六歲의 꽃다운靑春을남기여두고
> ×아-그대가 아장아장달이고단이든딸이 그대를 찾는다
> 세상에나온지 두달밧게안된 그대의젓멕이아들이것을찾는다.
> 어미찾어우는소리 젓찾어 보채는소리
> 오-이것들을 뒤에다 두고 엇지그대는갓단말이냐
> 밤이면 밤새도록 얼이것들을 껴안고달내며
> 낮이면낮 일터에서 헤매는 이내몸에는
> 다시금 무슨빛이있으랴 히망이있으랴
> 가난을 없앨일을 계속하며 얼인이나길우자

앞서간 그대의 靈도 이것을 바래주리라

— 「안해의 영전(靈前)에」에서[43]

26세 청춘의 나이에도 세상을 먼저 이별한 아내의 죽음을 계기로 가난으로 점철된 삶의 불행을 떠올리면서, 아내에게 자식들을 모두 맡기고 집안 생계를 돌보게 한 것에 대한 가장으로서의 부끄러움과 죄책감을 나타내고 있다. 그러면서 앞으로 닥칠 삶의 암담함에 절망하면서도 "가난을 없앨일을 계속하여 얼인이나길우자/앞서간 그대의 靈도 이것을 바래주리라"고 한 것처럼, 가난의 사회적 모순을 극복하기 위한 행동적 의지를 표명하고 있다. 여기서 시에 표명된 바와 같이 가난의 사회적 모순을 극복하기 위한 실천적 행동을 김병호가 어떻게 구체화했는지 파악하기 어렵지만, 그가 초등학교 교사로서 교육에 몸담고 있으면서 동시와 동요 등을 쓰며 아동문학에 적극 관계했던 일이 가장 중요한 실천적 행동의 모습이 아니었던가 생각된다.

4. 현실 일탈과 관조의 세계인식

김병호는 1930년대 중반 이후로 가면서 농민을 포함한 민중의 현실을 더 이상 비판적으로 보는 관점을 가지지 않는다. 그는 세상의 모든 인연과 고통에서 벗어나 철저하게 세상을 유유자적하려는 태도를 보여준다. 카프가 공식 해체된 1935년 5월 이후에 발표한 김병호의 시는 기존에 견지했던 민중 주체의 현실비판 의식에서 완전히 벗어나 있음을 확인하게 한다.

---

43) 『전선(全線)』 제1호, 1933. 1. 1.

꽹 꽹 꽹 꽹 꽤갱막 갱 갱
궁 궁 궁 궁 쿵탁쿵 궁 궁
지-○ 지-○ 지-○ 지-○

달 아램니다. 들 가운대 풀밭입니다.
땅중 우 등지개 맨발을벗고
손손에 북물을 들었습니다
農軍 軍樂隊 얼시구좋다
노래하고 춤추며 쿠궁막꽹꽹

봄 여름 땀흘려 지은농사
들에도가득 山에도가득
칭 칭 칭 노―세

— 「월하(月下)의 일군(一群)」 1∼3연[44]

위의 시는 농민들의 농악대 놀이를 시의 제재로 삼아서 노래한 작품
으로, 민요 「쾌지나칭칭나네」를 연상시키는 작품이다. 민요 「쾌지나칭징
나네」가 사물놀이의 소리를 여음으로 삼아 놀이가 흥겹게 진행되는 분
위기에서 불려지듯이, 이 시 역시 사물놀이의 소리를 여음으로 활용하면
서, 전체적인 분위기를 흥겹게 몰아감으로써 시적 효과를 얻고자 했다.
작품에 형상화된 시적 현실도 농민 현실의 비극적 정황이 아니라 "봄 여
름 땀흘려 지은농사/들에도가득 山에도가득"하다고 하여, 사물놀이의 흥
겨움과 일체화되는 풍요의 현실을 노래하고 있다. 따라서 이 시는, 종전
의 농민시 작품과는 달리, 농민들의 단결을 북돋우는 농군 농악대의 행
군을 노래한다고 결코 볼 수 없다. 특히 "칭 칭 칭 노-세"의 구절은 현실

---

44) 『비판』 제25호, 1935. 11. 15.

의 심각성을 뒤로 한 채 유흥적인 분위기를 부추기고 있다고 말할 수 있다.

　김병호는 분명 1930년대 중반 이후부터 기존에 견지했던 사회주의의 이념에 입각한 민중지향의 시 의식에서 상당히 벗어나 있음을 보게 된다. 위의 시 이외에 1936년에 발표한 「악양(岳陽)의 산천(山川)」 연작시[45]는 중국을 여행하고 얻은 느낌을 쓴 기행시로 역시 현실에서 벗어나 자연을 벗삼아 유유자적하는 즐거움을 노래하고 있다. 그리고 지금까지 김병호의 시 중에서 대표작으로 알려진 「여수(旅愁)」는 아이러닉하게도 바로 이 지점에 놓여 있다.

　　　칙넝쿨 얼키듯한 모든結果를 끊어버리고
　　　개미 챗바퀴 돌듯하든 故土를버서나서
　　　훨훨떨치고 旅路에 나서고싶다.
　　　山을 넘人고 물을 건너
　　　가다 가다 쓸어질 그때까지―

　　　가다 가다 나무그늘 밑
　　　돌틈에서 소사나는 물을 떠마시고
　　　酒幕에 들어 따스한人情을 맛보며―

　　　오오 가을하늘에 담배煙氣를 구름날리듯 훅뿜으며
　　　山넘고 물건너 끝없는旅路에 나서고 싶다.

　　　　　　　　　　　　　　　　　　　　　―「여수(旅愁)」 전문[46]

---

45) 「악양(岳陽)의 산천(山川)(1)」과 「악양(岳陽)의 산천(山川)(2)」는 『비판』 제30호 (1936. 7. 20)와 제31호(1936. 9. 20)에 발표되었다.

위의 시는 거듭 현대시인선집에 실릴 정도로,[47] 김병호 시인의 시로서는 가장 많이 세상에 알려진 작품이라 할 수 있다. 그동안 투박한 직설적 언어로 시적 형상화를 제대로 이루지 못했던 시와는 달리, 시적 화자의 감정을 비교적 차분하게 이끌고 있다는 점에서 돋보이는 작품이다. 그런데 위의 시는, 그가 가장 치열하게 시를 썼던 시대에 비추어본다면, 가장 김병호 답지 않은 작품이라 말할 수도 있다. "칙넝쿨 얼키듯한 모든 結累를 끊어버리고/개미 쳇바퀴 돌듯하든 故土를버서나서" "가을하늘에 담배煙氣를 구름날리듯"한다고 한 표현에서 보듯이, 시적 화자는 고통스런 현실의 삶에서 철저히 벗어나서 유유자적하고자 하는 태도를 보여준다. 이는 민중이 겪는 고난과 삶의 모순을 날카롭게 비판했던 과거 시인의 태도와는 너무나 멀리 벗어나 있음을 보게 된다. 그런데 현실의 인연과 고난을 등진 채 지향없는 여로에 서 있는 시적 화자의 모습은 그동안 모진 세상풍파에 시달려 지칠 대로 지친 김병호 시인의 모습으로 비춰진다. 그가 어떤 계기에 의해서 이렇게 철저히 세계를 대하는 태도를 바꾸게 되었는지에 관해서 현재 알 수 있는 자료는 없다. 이는 앞으로 풀어야 할 커다란 과제로 남는다.

Ⅳ. 결 론

지금까지 필자는 '진주 출신' 시인인 김병호(金炳昊) 관련 자료를 가능

---

46) 임화 편저, 『현대조선시인선집』, 학예사, 1939. 1. 25.
47) 임화 편, 위의 시선집과 김용호·이설주 편, 앞의 책(『현대시인선집(상)』)에 실려 있다.

한대로 찾아서 그의 생애와 문학 활동의 면모를 구명하는 일을 우선적으로 한 다음, 이를 바탕으로 그의 문학에서 가장 큰 비중을 차지하는 시 작품들을 대상으로, 그의 시가 맺고 있는 컨텍스트(context)를 중심으로 시 세계의 특징을 파악하고자 했다. 이 과정에서 김병호는 1949년에 시집 『황야에 규환』을 낸 시인 김병호와는 동명이인이었으며, 이런 점을 확인하지 않고 기록한 김병호 관련 기록들이 많은 오류를 지니고 있음을 밝혔다. 여기서 논의한 결과를 간략히 정리해 보이면 다음과 같다.

첫째, 김병호(金炳昊)는 1904년 11월 16일 경남 하동군 하동읍 목도리(당시 진주부에 속했음)에서 태어났다. 본적은 경남 진주시 평안동 201번지로 되어 있다. 호는 계림(鷄林). 집안 형편은 상당히 어려웠던 것으로 보이며, 이 때문에 젊은 시절 상당한 방황을 했던 것으로 나타난다. 1925년 3월 경상남도 공립 사범학교(약칭 경남공립사범학교) 특과를 졸업한 후 같은 해 조선공립보통학교 교사를 시작으로 경남의 여러 초등학교를 전전했다. 그후 1945년 10월부터 교장으로 여러 학교를 거쳐 다녔으나, 1954년 신병(발광)으로 해임되었다. 그러다 요양차 부산으로 거주지를 옮겨 지내다가 1959년 부산 범일동에서 위암으로 작고했다.

둘째, 김병호는 경남공립사범학교 시절부터 습작을 했던 것으로 보이는데, 특히 엄흥섭, 손풍산 등과 교유하며 문학의 길을 갔다. 그의 문단 등단작은 『조선문단』 1925년 4월호에 독자투고하여 당선한 시 「안진방이꽃」이라 할 수 있다. 이후 그는 일본문단에 민족적 정체성을 뚜렷이 드러내는 일어시 작품을 여러 편 발표한 바 있으며, 1930년을 전후한 시기부터 아동잡지 『별나라』와 『신소년』에 동시 등 아동문학 관계 글을 집중 발표하여 동시 시인 내지 아동문학가로서의 면모를 보였다. 이때 '김탄(金彈)'이란 필명을 사용하기도 했다. 특히 1931년 3월에 '프롤레타리아동요집'으로 발간된 『불별』에 동시 작품을 발표한 8명의 시인 중 1인으로, 당시의 대표적인 프로동시 시인으로 활동했다. 김병호가 카프에 직접 가담했는지는 알 수 없지만, 『불별』에 동시를 발표한 시인들이 거의 카프의 맹원들이었다는 점에서, 그도 카프와 직접, 간접으로 인연을 맺고 있었던 인물로 파악된다. 그런데 그의 시작활동은 1930년대에 한정되어 있으며, 1930년대 중반부터는 그 이전의 시작품들과는 상당히 다른 시 세계를 보여주었다.

셋째, 김병호의 시는 당시의 역사적 상황과 개인적 삶과 맺고 있는 컨텍스트의 관점에서 파악했을 때, 민중의 주체적 각성과 현실 비판을 보여주는 시, 민족적 정체성을 나타내는 시, 개인사와 그 비극적 세계인식을 형상화하고 있는 시, 현실 일탈과 관조의 세계인식을 보여주고 있는 시로 크게 구분할 수 있었다.

넷째, 민중의 주체적 각성과 현실 비판을 보여주는 시는, 김병호가 가장 활발하게 시를 창작했던 시기의 작품들로, 시인의 프롤레타리아 계급의식에 근간을 둔 사회의식을 뚜렷이 드러내고 있었다. 김병호 시의 가장 특징적인 모습을 여기에서 찾을 수 있었다.

다섯째, 민족적 정체성을 보여주는 시는 주로 일본에서 발표한 일어시 작품들에서 나타났다. 시「나는 조선인이다」는 이런 점에서 주목할 작품이었다. 시인이 지녔던 주체적 역사인식과 민족의식을 소중하게 읽을 수 있다는 점에서 큰 가치가 있었다.

여섯째, 김병호의 시는 개인사와 관련된 작품들이 유달리 많았다. 이는 그의 시가 그만큼 체험적 리얼리티를 형상화하는 데 치중했음을 보여주는 것이었다. 물론 그의 시가 감정적 제어를 효과적으로 하지 못한 한계는 지적되지만, 그의 개인사의 비극들을 진솔한 감정으로 호소함으로써 시적 감동을 주기도 했다. 특히 시 「병상(病床)에서」는 먼 객지에서 겪는 외로움과 고문에 의한 병고로 심하게 고통받고 있는 심정을 나타내고 있었으며, 시 「어린 영(靈)에」, 「안해의 영전(靈前)에」, 「어데 갓느냐!」 등은 아내와 어린 자식을 졸지에 잃은 슬픔을 노래하면서 이들을 애타게 그리워하는 심정을 표출하고 있는 작품들이었다.

일곱째, 현실 일탈과 관조의 세계인식을 보여주는 시는 1930년대 중반 이후의 작품들에서 찾아진다. 대체로 카프 해체 이후의 시기와 일치되는 시점에서 김병호가 어떤 계기에 의해 심정적 변화를 일으켰는지 알 수는 없지만, 이들 작품에서 그는 농민을 포함한 민중의 현실을 더 이상 비판적으로 보는 관점을 보여주지 않는다. 현실을 일탈하여 때로는 현실을 철저히 유유자적하려는 태도를 보여준다. 그의 대표작으로 알려진 시 「여수(旅愁)」는 바로 이 지점에서 가장 돋보이는 작품이기도 하다. 시적 화자의 감정을 비교적 차분하게 이끌고 있다는 점에서 비교적 시적 형상화에 성공한 작품이나, 그가 가장 치열하게 현실과 대면하여 썼던 작품들에 비추어본다면, 가장 김병호 답지 않은 작품이라 말할 수도 있다. 여하튼 이 작품을 통해 나타나는 현실 관조의 태도는 그 이면에 그만큼 모진 세상풍파에 시달려 지칠 대로 지친 시인의 모습을 감추고 있다고 본다면, 이는 곧 그의 시가 갖는 아이러니이면서 동시에 민족사의 비극이 가져다준 아이러니를 경험하는 것이 된다.

이상의 논의 결과를 통해, 김병호의 시가 갖는 가장 두드러진 특징은 민중의 주체적 각성과 현실 비판을 보여주는 시와 민족적 정체성의 인식을 바탕으로 쓰여진 일련의 시에서 찾을 수 있다. 전자의 시는 당시 카프의 프로시가 갖는 일반적 범주 속에서 이해될 수 있으며, 후자의 시는 일본 제국주의에 대한 대항 담론을 형성하는 민족 저항시의 범주에서 파악될 수 있다. 김병호의 시가 문학사에서 거론될 수 있는 자리가 바로 여기서 찾아진다.

그런데 이상의 논의로 김병호의 시의 정체가 온전히 드러난 것은 아니다. 그의 동시를 비롯한 아동문학 작품과 평론들을 대상으로 그가 동시 시인 또는 아동문학가로서 갖는 면모와 위치를 밝히는 논의가 마땅히 더해져야 한다. 그리고 앞으로 좀더 다양하고 심도 있는 논의를 통해 김병호의 시가 문학사에서 정당하게 언급되어야 할 자리를 마련하는 과제가 우리 모두에게 주어져 있다.

김병호(金炳昊)의 동시와 동시비평 연구

1. 서 론

이 글의 논의 대상인 김병호(金炳昊: 1904~1959)는 아동문학은 물론이
고 한국문학의 전체 논의 영역에서 생소한 문학인에 속한다. 그가 일제
강점기 동안 시, 동시,[1] 동화, 아동문학론, 수필 등 다양한 장르에 걸쳐
상당한 문학활동을 했음[2]에도 불구하고, 그의 문학활동의 면모를 밝히
려는 노력이 없었기 때문이다.

김병호가 문학 연구자의 관심을 받지 못한 데에는 그가 생전에 시집
한 권 남기지 못했다는 사정도 한몫을 했다고 생각한다. 여기다, 뒤에 구
체적으로 언급하겠지만, 김병호 자신의 불행한 개인사와 문학활동의 이
른 단절 등이 그의 이름을 기억하기에 어려운 조건을 만들었다. 그리고
현재는 김병호가 생존했던 당시 그를 알고 지냈던 문학인들은 모두 작고
하고 말았다. 이뿐만이 아니다. 한국문학의 연구가 오랫동안 남북분단의
상황으로부터 빚어진 경직된 냉전 이데올로기에 영향을 받아 일제 강점
기나 광복기에 계급의식 내지 사회주의 의식을 담은 문학을 정당하게 논

---

1) 1920~30년 당시 동시, 동요, 소년시 등 여러 명칭이 쓰이며 작품이 발표되었다.
   여기서는 이 모두를 일단 '동시'라는 용어로 포괄하기로 하되, 특별히 전승동요에
   바탕을 둔 동시의 경우 동요시란 용어를 사용하기도 할 것이다.
2) 현재까지 필자는 김병호의 글로 시 78편, 동시 17편, 동화 2편, 비평(문학론 포함)
   10편, 수필 5편, 번역 1편, 과학문 18편, 기타 2편을 조사할 수 있었다.

의하지 못했던 사정이 김병호의 경우에도 해당된다. 그의 주된 문학 지향이 사회주의의 큰 틀에 놓여 있기 때문이다.

그러나 이제는 사정이 매우 달라졌다. 1980년대에 들어 납북, 월북작가 작품에 대한 해금조치가 이루어진 후 일제 강점기나 광복기의 사회주의문학, 그리고 남북 분단 이후의 북한문학에까지 연구자들의 관심이 확대되었고, 그동안 이에 관한 연구 성과도 괄목할 정도로 축적되었다. 이런 상황에서 사회주의문학에 대한 어떤 선입견이나 편견, 또는 무관심은 오히려 정당한 문학 연구를 가로막는 역할을 한다. 김병호의 문학에 관해서도 같은 이야기가 가능한 것은 물론이다. 이제 이데올로기의 선입견이나 편견에서 벗어나서 김병호의 생애와 문학활동을 복원하기 위한 기초 자료의 조사 연구가 철저히 진행될 필요가 있고, 그런 다음 이를 토대로 한 문학 연구가 본격화되어야 한다. 이 글에서 김병호의 동시와 동시비평을 집중 논의하는 까닭도 바로 이러한 문학 연구의 마땅한 방향에 일정한 기여를 하고자 하는 데 있다.

필자가 김병호란 이름을 만난 것은 일제 강점기 재일 한국인의 일어시 작품들을 조사, 연구하는 과정에서이다.[3] 1920년대 중반 일본문단에 발표한 김병호의 일어시 작품들이 민족적 정체성을 뚜렷이 드러내고 있다는 점에서 특별한 관심을 가지게 되었던 것이다. 이 이후 김병호 관련 자료들을 두루 찾아본 결과, 문학사의 빈자리를 메우는 일에 김병호의 이름도 마땅히 올려질 필요가 있다는 생각에 이르게 되었다. 이에 필자는 김병호의 생애와 문학활동을 복원하는 일과 함께 그의 시 세계가 갖는 특징적 성격을 고찰하는 논의를 일차로 진행한 바 있다.[4] 이 글은 바

---

3) 박경수(2001), 53~122쪽.

로 다음 단계로 진행되는 김병호의 문학에 관한 연구로, 김병호의 문학 중에서도 동시와 동시비평을 별도로 모아서 아동문학가로서의 면모를 밝히고자 하는 글이다.

그런데 김병호란 이름으로 문학활동을 한 사람이 둘 있었다. 한 사람은 이 글에서 논의하는 문학인이고, 다른 한 사람은 1949년에 시집 『황야(荒野)에 규환(叫喚)』을 낸 시인이다. 이 둘은 묘하게도 한글과 한자 이름이 서로 같은 동명이인(同名異人)인데, 자칫하면 이 둘을 가리지 못하고 논의하기 십상이어서 상당한 혼란을 일으킬 수 있다. 따라서 이 글에서는 김병호 관련 자료를 폭넓게 찾는 한편 이들 자료의 자세한 검토를 통해 두 김병호를 분명하게 가린 다음, 김병호의 생애와 문학활동을 가능한대로 복원할 것이다. 그리고 이를 토대로 김병호의 동시와 동시비평을 집중 분석하여 동시 시인 내지 아동문학가로서의 면모를 구체적으로 밝히고자 한다.

현재까지 파악한 아동문학 관련 김병호의 글은, 동시 17편, 동화 2편, 아동문학론 10편으로 모두 30편에 달한다. 글의 편수로만 보면 이 정도 작품으로 아동문학가로서 활발한 활동을 했다고 말하는 것은 무리이다. 그러나 앞으로 아동문학 관련 글이 좀더 찾아질 가능성이 있는 데다가, 무엇보다 김병호 시인이 활동했던 당시 '프롤레타리아동요집'으로 발간된 『불별』(1931. 3)5)에 동시 작품을 올린 8인의 대표적 프로동시 시인들 중의 한 사람이었다는 점에서, 그의 동시 작품들을 비롯한 아동문학 관

---

4) 박경수(2003. 11).
5) 필자는 이 『불별』을 학계에 처음 소개하면서, 이 동요집의 서지와 체제, 그리고 이 동요집에 작품을 실은 8명의 시인들의 시작품들을 차례대로 논의한 바 있다. 박경수(2003. 9), 201~232쪽.

계 글들을 결코 가볍게 넘길 일은 아니다. 그리고 김병호는 당시 프로아
동문학 분야에서 특히 동시 이론을 정립하면서 동시비평에 적극적인 역
할을 했다는 사실도 주목할 사항이다. 이 글에서 이루어지는 김병호의
동시와 동시비평에 관한 논의를 계기로 앞으로 아동문학의 연구가 프로
아동문학을 포괄하는 논의로 확대되면서 아동문학의 전체적인 국면을
바르게 파악할 수 있는 방향으로 진행되기를 기대해 본다.

2. 김병호의 생애와 문학 활동

일제 강점기에 시와 동시, 그리고 아동문학론을 주로 발표하며 문학활
동을 했던 김병호는 어떤 인물인가? 그런데 그에 관해서 알 수 있는 자
료들을 가능한 대로 찾아서 그의 생애와 문학적 사실들을 파악하는 논의
를 먼저 펼친 바 있기 때문에,[6] 자세한 내용은 그 쪽으로 미루기로 한다.
다만, 논의 진행의 절차상 김병호의 생애와 문학 이력에 관한 사항들을
먼저 파악할 필요가 있다는 점에서 기존 논의의 내용을 요약적으로 제시
하고자 한다. 그리고 기존 논의 과정에서 미처 살피지 못한 광복기 김병
호의 문학활동 사항에 관해서는 새롭게 조사한 자료를 보태면서 논의를
보완하고자 한다.

우선 김병호 생존 당시 그를 알고 지냈던 분들의 글에서 김병호와 관
련된 사실을 찾을 수 있다. 설창수(薛昌洙: 1916~1998)의 「김병호에의 낡
은 추모」[7]와 이경순(李敬純: 1905~1985)이 진주시단을 회고하며 쓴 「문

---

6) 박경수(2003. 11).
7) 설창수(1961. 1), 272~273쪽.

학풍토기 -진주편」[8])이 그것들이다. 이들 글은 비록 분명한 기억을 바탕으로 쓴 것은 아니지만, 김병호에 관하여 단편적이지만 매우 중요한 정보를 담고 있다.

먼저 설창수의 글에서, 김병호의 호가 계림(鷄林)인 점, 진주 출신으로 설창수보다 10년 정도 연상이 될 것이란 점, 일찍이 진주에서 발행된『신시단(新詩壇)』에 작품을 발표(실제『신시단』1호, 1928. 8에 시「殺生!」을 발표)했다는 점, 일제 강점기와 광복기에 엄흥섭(嚴興燮: 1906~?, 충남 논산에서 태어났으나 진주에서 수학함), 손풍산(孫楓山: 1907~1973, 경남 합천)[9], 이경순 등과 교분을 맺고 있었다는 점 등을 알 수 있다. 그리고『영문(嶺文)』동인들과 사귀며 풍류객으로 생활했다는 점, 생활이 어려워 돈을 꾸며 지내거나 동가식(東家食) 서가숙(西家宿)하며 지내기도 했다는 점, 부릅뜬 눈에 고단해 보였다는 점, 여러 차례 좌천당하며 경남의 여러 초등학교를 전전했다는 점, '유황천(硫黃泉)의 세례(洗禮)'란 제목의 시집 원고가 있었다는 점 등이 드러난다.

그리고 이경순의 글을 통해, 김병호가 진주에서 초등학교 교사로 지내면서 시를 썼으며, 한때 일본 동경에서 발간하는 문예지에 시를 발표하기도 했다는 사실을 알 수 있다.

그런데 이상과 같이 설창수와 이경순이 김병호에 관하여 회고한 내용 중에는 불명확한 기억에 의존해 있는 사항들도 있어서 사실 여부를 하나씩 확인하는 절차가 필요하다.

그러면 김병호의 출생 사항부터 짚어보자. 설창수가 자신보다 10여 년

---

8) 이경순(1966. 3), 240~241쪽.
9) 정상희(2001. 10), 51~82쪽. 이 글에서 손풍산의 생애와 시 세계를 폭넓게 고찰했다.

위일 것이라고 했는데, 설창수가 1916년생이니 그보다 10여 년 연상이면 1906년생 이전이 될 것이다. 그런데 1990년에 발간된 권영민 편, 『한국근대문인대사전』에는 김병호에 관하여 다음과 같이 기록[10]하고 있다.

· 1909.   경남(慶南) 출생
·   보성전문학교에서 수학
· 1949.   시집 《황야의 규환》 간행
· 1961.   사망

　이상의 기록을 보면, 김병호는 1909년생이며 1961년에 사망한 것으로 나타난다. 그리고 보성전문학교를 거쳤으며, 1949년에 시집 『황야에 규환』[11]을 간행했다는 것이다. 그러나 이상의 기록에서, 필자의 확인 결과, 이 글의 논의 대상인 '진주 시인'[12] 김병호의 생애와 부합되는 사실은 한 가지도 없다. 왜 이런 문제가 발생되었을까? 그것은 바로 진주 시인 김병호와 동명이인인 시인이 있었기 때문이다. 이 동명이인의 주인공이 1949년에 시집 『황야에 규환』을 간행한 시인으로 한자 이름까지도 동일한 김병호(金炳昊)이다. 따라서 두 시인과 관련된 이력을 사실 여부와 관계 없이 조합해 놓으면 위와 같은 기록이 만들어질 수 있는 것이다.

　그러면 시집 『황야에 규환』을 낸 시인이 진주 시인 김병호와 어떻게 다른 인물인지 알 수 있는가? 이 물음에 답할 수 있는 근거를 시집의 서

10) 권영민(1990), 179쪽.
11) 『한국근대문인사전』에 표시된 『황야의 규환』은 잘못된 시집 이름이다. 이 시집의 정확한 이름은 『荒野에 叫喚』이다. 1949년 3월 10일 평화당인쇄소(平和堂印刷所)에서 발행되었다.
12) 이 글의 논의 대상인 김병호와 시집 『황야에 규환』을 낸 김병호와 구별하기 위해, 전자의 김병호를 일단 '진주 시인'이란 수사를 붙이기로 한다.

문과 끝말에서 찾을 수 있다.

이 시집의 서문은 조지훈(趙芝薰: 1920~1968)이 썼는데, 서문의 끝 부분에서 "젊은 詩人 金炳昊君의 詩稿 앞에 이 글을 쓰며"라는 표현이 나온다. 만일 여기서 김병호를 진주 시인인 김병호로 본다면, 1920년생인 조지훈이 자신보다 한참 손위 사람인 김병호에게 "젊은 詩人 金炳昊君"이라고 말한다는 것은 있을 수 없는 일이다. 그렇다면 이 시집의 저자인 김병호는 진주 시인 김병호가 아니다. 이를 좀더 분명히 확인할 수 있는 단서가 시집의 '끝말'에 있다.

> 끝으로 이 小著를 出版하는 데 있어서 많은 힘을 아끼지 않은 母校 高麗大學 敎授 趙芝薰 先生님과 親友 諸人에게 뜨거운 感謝를 表하여 마지 않는 바이다.[13]

이 글을 통해 시집의 저자인 김병호는 당시 고려대학교 출신으로 시인 조지훈과는 사제관계를 가졌던 젊은 시인이었던 것으로 드러난다. 그리고 이 시집의 제1부에 발표한 시는 해방 전의 작품이라 했는데, 진주 시인 김병호의 시작품과 일치되는 작품이 하나도 없었다. 따라서 이 시집의 작품들과 글의 내용을 확인하지 않은 채 시집의 저자 김병호를 진주 시인 김병호와 동일 인물로 오해하여 기록한 모든 사항들은 명백한 오류임이 드러나게 되었다.

그런데 『한국근대문인사전』에서 김병호의 출생년도를 1909년으로 표기한 것은 동명이인을 가리지 못해서 발생한 오류는 아니다. 김용호(金容浩), 이설주(李雪舟)가 편찬한 『현대시인선집(상)』(1954. 3)에서 김병호

---

13) 김병호(1949. 3), 112쪽.

의 시「여수(旅愁)」를 실으면서 다음과 같이 기록한 것이 오류의 발단으로 작용한 듯 하다.

金炳昊 四二四二—
　　本籍 慶南 晉州.
　　한때「詩學」同人으로 活躍하였으나 解放 後는 거의 詩筆을 던진 듯 이렇다
　　할 發表作品이 없고 現在 國民學校長으로 育英에 傾注하고 있다.14)

　이상의 기록에 의하면, 김병호는 단기 4242년 즉 서기 1909년 생으로 본적은 경남 진주인 것으로 나타난다. 그러나 이 기록은 "解放 後는 거의 詩筆을 던진 듯"하다는 표현으로 보아, 편집자 중 한 사람이 개인적으로 알고 있는 사항을 토대로 시인의 이력을 간략하게 소개하기 위해 작성한 것으로 판단된다. 따라서 이 기록의 사실 여부에 관해서는 확인이 필요하다. 여기서 필자의 확인 결과, 김병호의 본적이 경남 진주인 점, 광복 후 발표한 작품이 거의 없다는 점, 그리고 1954년 당시 초등학교 교장으로 있었다는 점(그런데 당시 발광하여 신병 해임되고 말았다) 등은 사실과 부합된다. 그러나 그의 출생년도를 1909년이라 한 점,『시학(詩學)』동인으로 활동한 점은 사실과 다르다. 우선 김병호가『시학(詩學)』동인으로 활약했다고 하나, 실제『시학』을 확인한 결과 그의 글은 어디에서도 찾을 수 없었다. 아마도「시학」이 경남 지역 시인들이 중심이 되어 발간한 문예지였다는 점에서 그렇게 짐작한 것으로 보인다.

---

14) 김용호·이설주(1954. 3), 338쪽.

김병호의 정확한 출생년도는 1904년이다. 이를 확증할 수 있는 자료가 호적인데, 호적에서 그는 1904년(단기 4237년) 11월 16일로 나타나 있다. 그런데 호적도 6.25전쟁으로 소실된 후 1956년에 재기록된 것이기 때문에 이의 사실 여부를 좀더 확인할 필요가 있다. 다행이 김병호의 유족으로 그의 둘째 아들인 김영기(金榮基) 씨를 만나 그의 출생년도를 확인한 결과, 김병호는 용띠 해인 갑진년(甲辰年) 생, 즉 1904년 생으로 11월 16일에 태어났음을 알았다.

그런데 김병호는 자신의 출생년도를 1906년으로 표시한 것으로 나타난다. 그의 출생에 관한 기록으로 가장 앞선 시기의 자료로 만날 수 있는 자료가『음악과 시』창간호(1930. 8)에 실린「시인소식(詩人消息) 악인소식(樂人消息)」에서인데, 여기서 김병호는 "一九〇六年 慶南 牧島서 出生"으로 기록되어 있다.『음악과 시』창간호에 김병호는 시와 비평을 함께 싣고 있을 뿐만 아니라, 그와 교분이 깊었던 양우정(梁雨庭: 본명 梁昌俊, 1907~1975)[15]이 이 잡지의 편집인 겸 발행인이었다는 점에서, 그의 출생과 관련한 기록은 김병호 자신으로부터 확인한 것일 가능성이 높다. 그리고 함양교육청에서 김병호의 이력서를 구해볼 수 있게 되었는데,[16] 여기에 김병호는 1906년 11월 16일에 출생했고, 본적은 "慶尙南道 晉州市 平安洞 二〇一番地"로 되어 있었다.

위의 두 기록은 김병호가 출생년도를 1906년생으로 적고 있다는 공통점과 함께 출생지가 본적지와 다르다는 점을 확인할 수 있다. 먼저 그는

---

15) 서범석(1999. 1).

16) 김병호의 이력서는 이순욱(한국해양대 강사) 선생의 결정적인 도움에 힘입어 구해볼 수 있었음을 밝혀둔다.

왜 출생년도를 1904년임에도 1906년으로 적었을까. 여기에 자신의 출생년도를 서기년도로 인식하는 데 어떤 불분명함이 있었거나 어떤 사정에 의해 의도적으로 1906년생으로 기록했을 가능성도 있다. 그러나 가족들에 의해 호적을 재기록하는 과정에서 김병호의 출생년도를 1904년으로 바로 잡아 기록했던 것으로 파악된다. 다음으로 본적지가 실제 김병호가 태어난 곳이 아니라 후에 결혼하면서 분가했던 진주의 주소지임을 알게되었다. 김병호는 분명 『음악과 시』창간호에 기록된 경남 목도에서 태어났다. 현재 경남 목도는 행정구역상 경남 하동군 하동읍 목도리인데, 김병호가 어렸을 때 부친인 김상두(金相斗)가 하동에서 어장 일에 실패한후 진주로 이사를 오게 되었다고 한다. 그후 진주에서 계속 살다가 결혼한 후에도 계속 진주에서 살았다. 그런데 출생지를 근거로 말하면 김병호는 진주 출신 시인이 아니라 하동 출신 시인이라 해야 정확하다. 그러나 김병호가 태어난 1904년도를 포함한 1915년 이전에는 하동군이 진주부에 속해 있었고, 또 그가 본적지인 경남 진주시 평안동에서 오랫동안 생활했기 때문에, 그를 진주 출신 시인으로 보아도 그리 잘못된 것은 아니다.

다음으로 김병호의 수학과정과 이력을 알아보자. 그의 이력서에 의하면, 김병호는 1925년 3월 경상남도 공립 사범학교(약칭 경남공립사범학교, 현 진주교육대학교의 전신) 특과를 졸업했으며, 졸업한 그 해에 조선 공립보통학교 교사를 시작으로 교직생활을 하게 되었다. 초기에는 진주와 진주 근교의 초등학교 교사를 지냈으나 1930년부터는 모종의 사건과 관련하여 김해 생림보통학교를 거쳐[17] 경남의 시골 벽지 학교를 전전했다. 그리고 광복 후인 1945년 10월 교장으로 승진된 후부터 1954년 4월

---

17) 이와 관련된 시가 「고향을 써나면서」, 『조선일보』(1930. 4. 11)이다.

신병으로 해임될 때까지 예하공립보통학교부터 백전국민학교까지 무려 8개 학교를 옮겨다녔다.

김병호가 시를 쓰기 시작한 시기도 경남공립사범학교 시절부터라고 생각된다.[18] 여기서 특히 엄흥섭, 손풍산과의 교우 관계를 고려할 필요가 있다. 엄흥섭, 손풍산과는 1~2년의 선후배 관계로 교유하면서 문학의 길을 같이 걸어갔던 것으로 판단된다.[19] 이런 점은 이들이 서로 동일한 지면에 글을 발표했을 뿐만 아니라 카프의 프로문학을 경남지역에서 이끄는 선봉 역할을 했다는 사실 등에서 충분히 짐작할 수 있다.

경남공립사범학교를 졸업한 김병호는 시「안진방이꽃」을 『조선문단(朝鮮文壇)』1925년 4월호에 독자 투고하여 당선시로 뽑히게 된다. 이 이후 그는『조선일보』,『중외일보』등에 꾸준히 작품을 투고하여 발표하는가 하면,『신시단』,『조선시단』을 거쳐 1930년 이후부터는 당시 프로문예 작품들이 주로 발표된『대중공론』,『여성지우』,『음악과 시』,『비판』에 상당수의 시작품을 실었다. 그리고 같은 시기에 아동잡지인『신소년』과『별나라』에 과학 관계 글을 지속적으로 올리면서 틈틈이 동시 작품들을 발표했다. 이뿐만 아니라 1925년 후반기부터 1926년 중반기까지 일정 기간 동안 그는 일본문단에도 주목할 만한 작품을 발표했다.[20]

---

18) 박태일에 의하면, 경남공립사범학교의 교우회지인『비봉지연(飛鳳之緣)』(1925. 4)에 김병호와 김성봉이 일어시를 발표하고 있고, 엄흥섭이「가을에 떠러진 나무입 하나」라는 시를 싣고 있다고 했다. 박태일(2003. 6), 295쪽의 각주 7) 참조. 이 사실로 미루어 김병호는 재학시절부터 엄흥섭 등과 어울려 시의 습작을 한 것으로 생각된다.

19) 엄흥섭은 김병호와 동년배인데 김병호보다 1년 뒤에 학교를 다녔고, 손풍산은 김병호보다 1년 아래이나 1927년 같은 학교의 강습과를 나왔으니 그보다 대학 2년 후배인 셈이다.

20) 김병호의 일어시에 관해서는 박경수(2003. 4), 98~103쪽에서 논의한 바 있다.

김병호는 문학활동을 활발하게 펼치던 1930년대 초반에 '김탄(金彈)'
이란 필명을 사용하면서 동시 등 아동문학 관계 글을 주로 발표했다. '김
탄'이 김병호의 필명임은 『음악과 시』 창간호(1930. 8)의 시인 소식란에서
'彈 金炳昊氏'라 한 데서 처음 확인되며, 김해강(金海剛: 본명 金大駿,
1903~1988)이 김병호의 부인 사망 소식을 접하고 그를 위로하기 위해
쓴 시 「위사(慰詞)」(1932. 9)에서 "동모 彈·炳昊에게"라고 부제를 붙인 데
서도 나타난다. 그리고 1931년 3월에 간행된 프롤레타리아동요집 『불별』
의 첫 자리에 '彈 金炳昊 篇'이라 한 데서도 '김탄'이 곧 김병호의 필명
임을 분명히 알 수 있다.

김병호의 글은 1935년 이후부터 눈에 잘 뜨이지 않게 된다. 1935년부
터 1936년까지 한해에 2편 정도 발표하는 것에 그치는 동시에 작품의 경
향도 그 이전과 확연히 달라진다. 그러다 일제 강점기 말기에는 거의 절
필하다시피 했다. 1939년에 임화가 편찬한 『현대조선시인선집』에 시 「여
수」가 올려져 있는데, 이 작품도 그 이전에 다른 지면에 발표되었을 가
능성이 많다고 본다면, 일제 강점기 말기에 발표한 작품을 현재까지 한
편도 찾지 못하고 있다.

광복기에 김병호는 일제 강점기 동안 함께 프로문학 노선을 걸었던
경남의 여러 시인들, 예를 들면 권환, 이주홍, 박석정, 김용호, 신고송 등
과 함께 '조선프롤레타리아문학동맹'에 맹원으로 가담하고, 이후 좌익문
학의 통합 조직체인 '조선문학가동맹'의 진주지부 위원장을 맡는다.[21]
이런 사실에서 김병호는 광복기에 들면서 다시 사회주의문학 쪽으로 돌

---

21) 계훈모(1987), 675쪽. 박태일은 이 연표와 당시의 여러 자료를 참고하여 광복기
경남지역 시인들의 조직과 활동 상황에 대하여 자세하게 밝힌 바 있다. 박태일
(2003. 6), 308~319쪽. 광복기 김병호에 관한 사항은 이 글에 힘입은 바 크다.

아간 것으로 생각할 수 있다. 그런데 1946년 3월 우익문학 단체인 '조선문필가협회'의 결성을 위한 추진위원 명단에도 김병호의 이름이 보여,[22] 그가 우익문학 쪽으로 전향을 했던 것인지, 아니면 혼란스러웠던 당시의 문학 지형을 김병호가 보여주는 것인지 가리기가 힘들다.

광복기에 김병호는 조선문학가동맹이나 조선문필가협회 양쪽에서 이름을 볼 수 있지만, 구체적인 문학활동을 한 모습은 잘 드러나지 않는다. 현재까지 『중외정보』 창간호(1946. 6)에 발표한 시 「말」 1편을 겨우 찾았을 뿐이다. 그런데 앞에서 본 설창수의 글에 의하면, 김병호는 광복 이후에 그가 들고 다니며 읊었다는 '유황천(硫黃泉)의 세례(洗禮)'란 제목의 시집 원고가 있었다. 그런데 아쉽게도 이 원고는 현재 소각되어 없어진 것으로 유족들이 전했다. 김병호가 광복 이후 방랑생활을 하는 도중에 그의 부인이 남편의 방랑벽에 화가 난 나머지 이 원고뭉치를 모두 불에 태웠다는 것이다. 그리고 김병호 자신도 1948년경에 정치적 격변을 겪으면서 좌익활동과 관련된 모든 기록물들, 즉 자신의 서가에 있던 모든 책들을 불살라 버렸다는 것이다. 참으로 안타까운 일이지만, 역사의 격랑에서 김병호와 그의 가족들이 당면했던 고난과 고통을 헤아리는 정도에서 그칠 수밖에 없다.

결과적으로 그는 현재까지 시집조차 한 권 남기지 못한 채 작고하고 말았다. 그런데 그의 작고와 관련된 설창수와 이경순의 기록은 사실과 다른 점이 있기에 바로 잡을 필요가 있다. 두 사람의 기록에 의하면 김병호는 1954년에 발광하여 1961년 경에 부산 해운대에서 동사(凍死)한 것으로 나타난다. 그러나 가족들의 증언은 이와 달랐다. 그가 1954년 마

---

22) 계훈모(1987), 687~688쪽.

지막 임지인 백전국민학교(현 백전초등학교)에서 정신이상에 의한 방랑벽 때문에 해임된 것은 확인되지만, 그는 1961년이 아닌 1959년 음력 3월 15일에 56세의 나이를 일기로 사망했는데, 당시 오랫동안 방랑을 한 후에 집으로 돌아왔으나 이미 위암 말기에 이르러 한 달을 넘기지 못하고 사망했다는 것이다.

김병호는 확실히 파란 많은 삶을 살다 비극적인 최후를 맞이한 시인이며, 시집조차 하나 남기지 못하고 문학사에서 잊혀져갔던 불우한 문학인이다. 그러나 그가 짧은 생애의 기간 동안 문학적 열정을 바쳐 일구었던 숱한 시와 동시, 그리고 아동문학론, 동화, 수필 등은 계속 실종 상태로 놓아둘 수 없다. 그의 이름이 문학사에서 바른 자리를 찾아 다시 떠올려질 수 있도록 하는 노력이 필요하다. 김병호의 동시, 동시비평 등을 통해 아동문학가로서의 면모를 파악하고자 하는 이 글도 궁극적으로 김병호 문학의 문학사적 자리매김을 위한 일환으로 이루어지는 것임은 물론이다.

3. 김병호의 동시 세계

3.1 자연친화의 동심을 노래한 동시

김병호는 1930년 이전에는 드문드문 동시를 써서 발표하다가, 1930년 이후부터 『신소년』과 『별나라』 잡지 등을 통해 집중적으로 동시를 발표하면서 동시 시인으로 활동하게 된다. 특히 이 과정에서 1931년 3월에 우정(雨庭) 양창준(梁昌俊), 구월(久月) 이석봉(李錫鳳), 향파(向破) 이주홍(李周洪), 혈해(血海) 박세영(朴世永), 풍산(楓山) 손재봉(孫在奉), 고송(孤

松) 신말찬(申末贊), 향(響) 엄흥섭(嚴興燮) 등과 함께 조선프롤레타리아동요집 『불별』을 간행하는데, 그 첫 자리에 '탄 김병호(彈 金炳昊)'의 이름과 함께 5편의 동요 작품을 올리게 된다. 여기서 『불별』은 당시 대표적인 프로동시를 모은 시집의 성격을 지닌 만큼, 이 시집에 동시를 올린 8인은 당대의 대표적인 프로동시 시인이라 할 수 있다. 이는 마치 1931년 11월에 간행된 『카프시인집』에 작품을 실은 5명의 시인들이 카프의 대표적인 프로시인으로 인정받은 것과 같은 이치이다. 그렇다면 김병호는 『불별』의 동시 시인으로 1930년대 초반 대표적인 프로동시 시인 중의 한 사람이었다고 말할 수 있다.

그런데 김병호의 동시가 처음부터 프로동시로서 사회의식을 표출하고 있는 것은 아니었다. 당시 어촌과 시골의 생활 모습을 인상 깊게 바라보면서 맑은 동심을 노래한 시작품들을 주로 1930년 전반기까지 발표했다. 이들 동시 작품들을 보자.

① 선창에 배다으면 아해소리 어룬소리
　잡은고기 數多한집쑴에 漁村에 넘칠제
　광저고리에담아메고 숩속길차저들면
　두마세리 개좃차 쏘리치고 쌀으네

― 「漁村의 黃昏」에서[23]

② 쌀내짐을지고 어머니쌀아 강가에나가니
　하날빗갓흔 물속에 적은고기가노데
　느러진 버들개지가 쩔어지니 고기가쒸데

---

23) 『조선시단』 제5호(1929. 4. 3).

쏘닥쏘닥 빨내소리에 강언덕 살작살작울리네!

— 「강ㅅ가」 전문24)

③ 거름할야고 풀캐다 마당에펴널엇드니
　싸신볏쌀에 옹굴옹굴 말나저가네
　왼집안에 달콤한 풀냄새써도네!

— 「풀냄새」 전문25)

이상 ①~③의 동시 작품들은 모두 현실 생활에 대한 갈등을 담고 있지 않다. 기본적으로 현실이나 자연을 긍정적인 시선으로 바라보면서, 시적 자아가 현실이나 자연과 일체화된 즐거움을 맑은 동심으로 담아내고 있다. 즉, ①은 어촌의 황혼을 배경으로 풍어의 흥겨움을 동심에 기대어 인상 깊게 표현하고 있으며, ②는 어머니를 따라 강가 빨래터에 가서 느끼는 자연 서정을 자연의 소박한 정경 묘사를 통해 나타내고 있다. 그리고 ③은 따듯한 햇빛에 풀을 말리자 풀 냄새가 온 집안에 가득하다고 하여 자연과 일체화된 시적 자아의 서정을 비교적 성공적으로 표현하고 있다.

김병호의 동시 작품들은 대부분 농촌이나 어촌 등 시골을 배경으로 하고 있다. 시골의 산과 들, 그리고 아이들의 눈에 비친 시골의 일상적인 모습들을 맑고 아름다운 동심에 기대어 노래하기도 한 것이다. 다음의 동시 「비 온 뒤」를 보자.

---

24) 『신소년』 제8권 제5호(1930. 5. 1).
25) 『신소년』 제8권 제5호(1930. 5. 1).

비가개고 볏치쌩 번적거린다쌩
산과들에 풀빗치 더풀어젓다
저긔저긔 나무입회 반작거리네
은이슬 금이슬에 반작거리네.

농부는 광이들고 들에나오고
어린동모 소몰고 멕이러가네
씽충씽충 송아지쒸며 엄마불고
얼인처녀 나물캐다 놀내나서네.

울아버지 논갈너다 저진등지개
무렁무렁 짐이올나 말나지거라
맨근쟁이 쌩쌩쌩 잘도돌아서
울어머님 쌀내한데 물을맑켜라.

―「비 온 뒤」전문26)

　　비가 그친 후 맑게 비치는 자연의 모습과 농촌의 바빠진 일상을 구김
살 없이 사실적이면서도 묘미 있게 노래하고 있다. 1연에서 비가 개인
후 아직도 나뭇잎에 남아 있는 빗방울이 햇빛에 반사되어 반짝거리는 모
습을 "볏치쌩 번적거린다쌩"과 같이 의태어를 묘미 있게 사용하면서 "은
이슬 금이슬에 반작거리네"라고 하여 평범한 비유지만 자연의 정취가
살아나도록 했다. 그리고 2연에서는 비 온 뒤 바빠진 농촌의 이모저모를
시상의 재치 있는 연결을 통해 표현했으며, 3연에서는 아버지와 어머니
의 모습에 초점을 맞추어 흩어진 시선을 한 곳에 모으면서 부모를 생각
하는 순수한 동심을 자연의 상황에 간접화시켜 은근하게 표현되도록 했

---

26) 『신소년』 제8권 제7호(1930. 7. 1).

다. 이런 점에서 이 시는 김병호의 동시 중에서 상당히 돋보이는 작품이
라 할 수 있다.

김병호의 동시에서 자연친화의 동심은 때로 당대 사회의 현실을 진솔
하게 드러내는 시선과 연결되거나, 다음 시에서 보는 것처럼, 민족 현실
에 대한 자각과 함께 희망적인 기대를 표명하기도 했다.

> 울밋헤서 짓거리는 병아리처럼
> 보슬 보슬 속살거려비가웁니다
> 젓먹고 살아나는 얼인애처럼
> 大地가 촉촉하게 이비마즈면
> 꽂치 꽂치 방긋 방긋 피여나리다
> 새노래에 맛추어
> 나븨 춤추며
> 가난한 朝鮮에도 봄은오리다
>
> ― 「봄비」 전문27)

봄비가 내리면서 모든 생명체가 약동하는 모습을 희망차게 노래한 끝
에 "가난한 朝鮮에도 봄은오리다"와 같이 결구를 함으로써 '봄'의 의미
가 단순히 계절적 의미에 고정되지 않도록 했다. 여기서 봄은 "젓먹고
살아나는 얼인애처럼" 생명의식을 회복하는 것이며, "새노래에 맛추어/
나븨 춤추"듯이 생명의 자유로운 약동을 진정으로 즐기고 환호하는 '해
방'의 그날을 암시하고 있는 것이다.

그런데 김병호의 시는 "가난한 朝鮮에도 봄은 오리다"의 결구에서

---

27) 『조선일보』(1928. 4. 19).

'봄'의 의미 탐구 쪽으로 나아가기보다 '가난한 朝鮮'의 현실에 대한 인식을 작품을 통해 심화시키는 방향으로 나아갔다. 그의 동시가 초기에 순수한 동심을 노래하던 쪽에서 점차 사회의식을 담은 프로동시 쪽으로 기울어지기 시작했던 구체적인 이유나 사정을 알 수 없지만, 위의 시를 통해 그갈림길의 고뇌를 어느 정도 암시 받을 수 있는 것이다.

3.2 현실비판과 극복의 사회의식을 표현한 동시

일제 강점기 김병호의 동시가 갖는 본령은 아무래도 일정한 사회의식이 개입되어 있는 작품들에서 찾을 수 있다. 이들 동시는 계급적 대립 구도에 따른 가난한 사회 현실을 문제삼으면서 그 모순의 현실을 비판적으로 성찰하는 자세를 취한다. 다음 동시 「봄」은 위의 「봄비」처럼 봄을 노래하면서도, 그것을 구현하는 시각이 현저하게 사회 현실을 비판하는 관점으로 기울어져 있다.

> 봄이온다고들 써들지마라
> 三四月긴긴해에 점심굶는것
> 아침저녁쑥죽에 헛배부른것
> 지긋지긋하지안나 무엇이좃나
>
> 해마다이봄에는 이를악물고
> 일하자고하든동무 어대갓느냐
> 오늘도거지거지 원성만놉지
> 무엇하나못해내나 봄바람처럼

— 「봄」 전문[28]

위의 동시에서 시적 화자에게 봄은 오히려 달갑지 않다. 이른바 보릿고개의 지독한 궁핍과 가난이 기다리고 있는 때가 바로 봄이기 때문이다. 그래도 해마다 봄이 되어 이를 악물고 가난을 벗어나고자 발버둥치지만 결국 거지들만 늘어나는 현실이 되고 만다고 하여 강한 현실 비판 인식을 보여주고 있다. 봄은 이처럼 삶의 현실적 차원에서 부정적이다. 그렇지만 위의 시는 봄이 내포하고 있는 정신적 의미의 차원을 버리지 않고 있다. 시의 결구에서 "무엇하나못해내나 봄바람처럼"이라고 했듯이, '봄바람'이 모든 사물에 따뜻한 생명의 혼을 불어넣는다는 상징적 의미를 통해 현실의 일대 역전을 기대하고 있다.

그런데 민중이 처한 삶의 현실이 기대와 달리 가난의 질곡에서 벗어나지 못하는 악순환이 계속될 때, 삶의 현실이 갖는 상대적 모순은 더 크게 부각되기 마련이다.

> ① 해도아즉 떠지안는 이른새벽에
> 기적소리 들려오면 울아버지는
> 조고마한 배타시고 윤선에가죠
> 쌀가마니 실어내려 열번수무번
>
> 선창가에 쌀가마니 산과가태도
> 울아버지 실어내신 그쌀이라도
> 오늘아침 우리집엔 양식이업서
> 울어머니 걱정하며 쌀꾸러갓죠
>
> 갈매기떼 울며나는 바다우으로
> 저녁노을 비츨실고 울아버지는

---

28) 『별나라』 통권 67호(1933. 5. 5).

고기만히 잡아갓고 돌아오서도
오늘저녁 우리집엔 파래장국뿐

— 「바다의 아버지」 전문29)

② 여름내 땀흘여 풀을매고
　가을에 타작한 나락섬은
　지주네 고방에 들어가네
　뭣하러 또다시 모심으나.

　한평생 일해도 가난한건
　놀고만 먹는이 잇는탓을
　어널널 상사뒤 농부들아
　구렁논 장아치 박아주자.

— 「모숨기」 3, 4연30)

　위에서 ①은 가난한 어부로 있는 아버지의 처지를, ②는 소작농민으로
일하는 입장과 처지를 각각 시적 대상과 제재로 삼았다. 그런데 두 작품
의 시적 대상과 제재는 달라도, 이를 형상화하는 관점은 동일하다. 어부
로 있는 아버지와 소작농민을 하층민의 전형으로 삼아, 하층민이 겪는
삶의 모순을 들추어내면서 그것을 비판적인 시각으로 보고자 하는 관점
이 그것이다. ①에서 "선창가에 쌀가마니 산과가태도/…(중 략)…/울어머
니 걱정하며 쌀꾸러갓죠", 그리고 "고기만히 잡아갓고 돌아오서도/오늘

---

29) 김병호 외(1931), 23쪽. 이 작품은 『별나라』 통권 42호(1930. 7. 1)에 먼저 발표된
　　바 있다.
30) 김병호 외(1931), 22쪽. 이 작품은 『신소년』 제8권 제8호(1930. 8. 1)에 먼저 발표
　　된 바 있다.

저녁 우리집엔 파래장국뿐"이라 한 대목이나 ②에서 "여름내 땀흘여 풀을매고/가을에 타작한 나락섬은/지주네 고방에 들어가네"라고 한 구절에서 이런 관점이 두드러지게 나타난다. 이는 일하는 자 대 노는 자, 못 가진 자 대 가진 자 사이를 계급적 대립의 관점에서 보는 것이다.

그런데 김병호의 동시에서 계급적 대립의 관점은 극심한 분노로 표출되지 않고 있다. 위의 시 ②에서 "어널널 상사뒤 농부들아/구렁논 장아치 박아주자"라고 했듯이, 지주에 대한 불만을 간접적으로 희화시키는 정도이다. 다음 작품들을 보면, 그가 궁극적으로 내세우고자 하는 것은 계급적 대립에 의한 적개심이 아니라, 민중의 궁핍한 현실을 슬기롭게 이겨나가는 민중 자신의 의지적 노력에 있음을 알 수 있다.

> ① 엇던째는 밤늦게 돌아오시다.
> 엉드렁에 넘어져 팔닷치여서
> 집신도못만들고 알으섯지요.
> 그다음날 아버지대신 내가쯧지요.
> 조고만지개에 장작을지고 갓지요.
>
> 오십전 바들야고 애를쓰다가
> 그작저작 태저서 사십전에팔엇죠
> 해지고 눈오는길 달음질처오니
> 어머님이 등불잡고 마종나왓죠
> 아버지는 날을보고 장하다고하지요.
>
> — 「나무장사」 2, 3연[31]

---

31) 『신소년』 제8권 제2호(1930. 2. 1).

② 학교와 동무를 위에다두고
　울며울며 논길을 걸어갑니다
　학교못갈 책보를 무엇에쓰랴
　까욱까욱 까마귀에 물여보낼가

　……(2연 생략)……

　밤되면 야학교에 가서배호지
　가 갸 거 겨 하나 둘 셋
　밤늦게 돌아가선 집신만들지
　이래도 커나서는 큰일군될네.

― 「退學」에서32)

　①에서 시적 화자인 '나'는 아버지가 나무장사를 하여 힘들게 생계를
이어가는 현실을 말하면서도, 아버지가 다치는 바람에 대신하여 나무장
사를 하고 돌아온 날의 뿌듯함을 나타내고 있다. 여기서 '나'는 가난의
현실에 매몰되는 것이 아니라 이를 슬기롭게 극복하는 의지적 노력을 앞
세우고 있는 것이다. 그리고 ②에서 가난의 현실 때문에 학교를 그만두
게 되는 현실을 매우 안타까워하면서도, 그러한 현실에 좌절하지 않고,
야학이란 대안을 제시하며 주경야독의 정신을 통한 미래지향적 다짐을
보이고 있다. 이런 점에서 김병호의 동시는 민중현실을 비판하는 사회성
을 고양하면서도 다른 한편으로 인간적 애정에 기초한 긍정적 세계인식
의 전망을 제시하고자 했다고 말할 수 있다. 다음 동시 「꼴 비다」를 보
자.

---

32) 김병호 외(1931), 12쪽.

해져가는 벌판에서 꼴을 베다가
금광산을 쳐다보니 울아버지가
손에다가 함마들고 내려오시네
몇방이나 터주었나 다이나마이트

등뒤에서 울어머님 소리나기에
낫을들고 돌아서서 방긋 웃는데
나물많이 캐여갖고 돌아오셨네
날보고서 같이 가자 손끌으시네

어머님은 어서 속히 먼저 가시오
저산에서 낼오시는 아버지 맞어
나는 나종 피리불며 돌아갈테니
먼저 가서 나물국을 끓여두세요

— 「꼴 비다」 전문[33]

위 동시는 광산촌에서 살아가는 한 노동자의 가족 상황을 묘사하고
있다. 그런데 다른 동시 작품들과 달리 삶의 고통스런 현실을 담고 있지
않다. 시적 화자의 아버지는 광산촌의 노동자이지만, "손에다가 함마들
고 내려오시네/몇방이나 터주었나 다이나마이트"라고 했듯이, 힘차고 건
강한 모습을 보여주고 있고, 나물을 캐는 어머니의 모습 역시 은근한 가
족애를 느끼게 한다. 그리고 시적 화자인 '나'도 "나는 나종 피리불며 돌
아갈테니/먼저 가서 나물국을 끓여두세요"라고 했듯이, 삶에 대해 여유
있는 태도와 인정을 느끼게 한다. 이처럼 이 동시는 아버지, 어머니, '나'
가 함께 결속된 행복한 가족애의 세계를 노래함으로써 궁극적으로 인간

33) 『별나라』 제47호(1930. 9). 위 인용 시의 출전은 류희정(1993), 306쪽임.

적 삶의 이상을 추구하고자 했다. 여기서 그가 일찍이 "동모들아 붓을잡
어라/세속에물들지안은그들의마음에/조흔씨를고히고히쑤려나주자"(「어
린이」에서34)고 했던 순수한 동심의 세계와 다시 만날 수 있는 가능성을
기대하게 된다. 이는 김병호가 시인이기 이전에 기본적으로 교육자로서
가졌던 아동에 대한 교육철학이며 세계관의 반영일 수 있다. 그가 계급
적 관점을 견지한 사회주의 이념에 따라 사회 현실을 날카롭게 비판하면
서도, 그가 궁극적으로 염원했던 사회는, 위의 시에서 보듯, 행복한 가족
애와 인정으로 결속되는 공동체의 사회였을 것이다.

4. 김병호의 동시비평

김병호는 1925년 이후부터 1930년대 중반까지 집중적으로 문학활동을
했다. 특히 1920년대 말부터 사회주의의식을 바탕으로 시와 동시를 주로
썼던 프로시인이면서 프로동시 시인이다. 그런데 프로아동문학의 영역
에서 그는 한때 동시비평을 주도하기도 했다. 이 점은 당시의 아동문학
운동의 상황을 일별하고 있는 이주홍의 글을 통해 분명히 확인된다.

> 또 作品評에 힘을 다한 이는 오즉 金炳昊 동무 한 사람뿐이다. 군데에
> 따라 좀더 깁게 멈을지 안코 惑은 忽待한 늣김을 주는 데가 업지는 안헛
> 스나 大體로 쏙바른 눈으로서 그곳 고바름을 일치 아헛다. 우리에게는
> 아즉 둘도 업는 소중한 評家이다.35)

---

34) 『중외일보』(1928. 5. 8).
35) 이주홍, 「아동문학운동일년간(2)」, 『조선일보』(1931. 2. 14).

이주홍은 프롤레타리아동시집 『불별』을 소개하면서, 이 시집에 작품을 실은 8명의 프로시인들 중에 김병호가 유일하게 동시 비평에 힘을 쏟고 있다고 밝히고 있다. 실제로 김병호는 1930년대 초에 프로동시 시인들을 대표하다시피 하며 동시 비평을 주도했다. 여기서 그가 남긴 동시 관계 비평문과 문학론을 보이면 다음과 같다.

① 「신춘당선가요만평」, 『조선일보』(1930. 1. 12~15)
② 「사월의 소년지 동요」, 『조선일보』(1930. 4. 23~26)
③ 「최근동요평」, 『음악과 시』 창간호(1930. 8)
④ 「죽어진 시집(詩集)」, 『조선지광』 제92호(1930. 8)
⑤ 「최근동요평」, 『중외일보』(1930. 9. 26~28)
⑥ 「동요강화(童謠講話)」, 『신소년』 제8권 제10·11호(1930. 11)
⑦ 「조선신동요선집(朝鮮童謠選集)을 읽고」, 『신소년』 제10권 제7호 (1932. 7)

이상에서 보듯이, 7편의 비평문 모두가 1930년대 초에 발표되었을 정도로 김병호는 1930년대 초에 활발한 동시비평 활동을 했다. 비록 그의 비평이 1930년대 초에 한정되어 있다는 한계는 있으나, 당대에 프로아동문학 쪽에서 동시비평가로 적극적인 활동을 했음을 알 수 있다.

여기서는 이들 글을 통해 김병호의 동시관(童詩觀)을 먼저 파악한 다음, 이를 실제 동시비평에서 어떻게 적용하고 있는지, 그리고 당시의 동시 판도와 경향을 어떻게 보고 있는지 검토하고자 한다.

어룬들이라도 불을 수 잇는 노래를 「民謠」라고 하고 兒童(二十才 未滿)이 불을 수 잇는 것을 「童謠」라고 하겟다.
童謠란 兒童의 노래다. 어룬도 짓고 兒童도 짓는다. 누구가 지으나 둘다 童謠는 童謠다. 그러면 그 불너지는 것은 무엇이냐. 童心이 發露 그것일 것이다. …(중 략)… 엇젓튼 童心을 노래한 것, 兒童의 처지에서 自然이나 人間이나 社會를 觀察 感受하야 노래한 것이라 하여 둘 수밧게 업다.36)

위의 글에서 보듯, 김병호는 이처럼 동요를 일단 노래적 성격으로부터 파악하고 있다. 어른의 노래를 민요라 하고, 아동의 노래를 동요라 하여 구분한 것 자체가 그렇다. 그리고 전승동요이든 창작동요 즉 동요시이든 노래로 부를 수 있다는 점에서 '동요'란 용어를 서로 구별하지 않고 사용하고 있다. 다만, 창작의 관점에서 동요는 어른과 아동 모두가 작자일 수 있으나 기본적으로 "童心을 노래한 것"이어야 한다고 했다. 이러한 동요 이해는 동요를 구분하는 일반적인 관례와 동요에 대한 일반적인 이해를 그대로 따른 것이다. 따라서 "兒童의 처지에서 自然이나 人間이나 社會를 觀察 感受하야 노래한 것"이란 정의도 동요에 관한 일반적인 정의에서 벗어나지 않는다.

그런데 김병호에게 중요한 것은 이 '동심'의 정체이다.

우리는 여기에서 童謠를 쌜르조아 童謠와 푸로童謠로 난우와서 童心에도 階級性이 잇다는 것을 宣言하여야 한다.37)

김병호는 이처럼 동요를 다시 부르조와동요와 프로동요로 구분하는데, 그 구분의 기준을 동심의 차이에서 찾는다. 그에 의하면 동심에도 계급성이 있다는 것이다. 그러면 그가 말하는 동심의 계급성이란 무엇인

---

36) 김병호(1930. 11), 18~19쪽.
37) 김병호(1930. 11), 19쪽.

가. 그것은 아동들이 기본적으로 계급의 차이에 따라서 세계를 보는 관점이 다르기 때문에, 같은 사물을 보더라도 이 계급적 세계관의 차이 즉 계급성에 따라 다르게 생각한다는 것이다.

　　한 가지 事物을 볼 때에 샐조아 兒童과 푸로레타리아 兒童은 各各 그 童心에 잇서서 달은 感情을 가질 것이다. 달을 보면 샐르조아 兒童은 불르게 먹은 배를 거머 쥐고 노래를 불으며 놀너나갈 생각을 하며 다맛 달이 밝고 좃타는 것만 늣겨질 것이다. 그러나 푸로兒童은 달밤에 아버지가 물에 나가 논에 물 퍼는 것을 連想할 것이요. 밤 늦게 돌아오실 아버지를 마종나갈 때 길이 어둡지 안는 것을 길거워할 것이다.[38]

김병호는 철저히 세계는 "보는 대로 있다"는 관점을 지닌다. "있는 대로 본다"는 객관주의적 세계인식이 아니라 주관주의적 세계인식을 견지하고 있는 셈인데, 여기서 주관주의는 계급적 주관에 한정되는 것은 물론이다. 따라서 동심의 순수성이나 천진성은 과거의 부르조와적 아동관으로 비판되고 부정된다. 여기서 그가 긍정적으로 추구하는 프로동요는 계급적 세계관에 따라 자연, 인간, 사회를 관찰하고 느낀 것을 형상화하는 작품이어야 한다.

김병호는 이러한 동시관을 그대로 적용하여 당대 동시를 비평한다. 프롤레타리아의 계급성을 견지하고 있는 작품을 우선적으로 평가하면서, 그 계급성에 사실성(reality)이 확보되는 경우를 가작으로 꼽는다. 이러한 경우들을 살펴보자.

---

38) 김병호(1930. 11), 19~20쪽.

① 그는 階級意識이 確立된 피오니-르이다. 工場과 農村을 題材 삼아 無産派 立場에서 푸로童謠를 써주는 者는 少年 作者 中에는 새해社 동무들이요 그 中에도 이 鄭祥奎 君일 것이다.

이 돌아오는 길도 한 少年 職工을 題材 삼아 쓴 것인데, 겨울날 지기 쉬운 해가 少年이 工場에서 돌아올 째는 발서 저물어저서 어슴플은 달빗만 반짝거려 주엇든 것이다. 빈 변도를 덜걱거리며 돌아올 째에 그의 설움을 짜내여 회ㅅ바람을 불엇다는 것이다. 그는 將次에 朝鮮에 둘도 업는 童謠詩人이 되리라고 나는 祝賀하기를 마지 안는다.[39]

② 【봄노래】 韓晶東(新少年) 이것은 보담 더 無氣力한 高踏派的 非現實의 藝術至上品이다. 닭의 다리 줄거니 배배 물라고 소개에게 부탁할 兒童은 朝鮮에는 업슬 것이요 世界에도 드물 것이다. 쌀으조아색기라도 제 집 닭을 솔개에게 물려주고자 自願은 안할 것이다. 이 얼마나 妄想的 虛無이랴![40]

③ 李周洪 君(發表名 芳華山)의 「수박」. 대단히 조타. 意識을 가지고 잇는 피오니―르는 自然의 現狀 우박 쩔어지는 것만 보아도 부르조와에게 對한 戰鬪心이 촉발되는 것이다.[41]

위에서 ①은 『중외일보』 신춘문예에 가작으로 당선된 정상규(鄭祥奎)의 동시 「돌아오는 길」을 비평한 것이다. 우선 정상규를 "階級意識이 確立된 피오니-르" 또는 "無産派 立場에서 童謠를 써주는 자"로 규정하고 있는 자체가 그의 동시에 대한 선입관을 보여준다. 사실 이 동시는 한 소년 직공이 늦게 귀가하는 상황을 상당히 서정적으로 묘사하고 있는 작품으로 작품 자체가 계급성을 직접 드러내고 있는 것은 아니다. 그럼에

---

39) 김병호(1930. 1. 14).
40) 김병호(1930. 4. 25).
41) 김병호(1930. 9. 26).

도 김병호는 "한 少年 職工"을 제재로 삼았다는 사실만으로도 긍정적인 평가를 하고 있는 것이다.

이에 비해 ②의 경우는 ①과 상반되는 비평의 예를 보여준다. 김병호는 한정동(韓晶東)의 동시에 대해서 기회 있을 때마다 비평의 대상으로 올려 시종 비판하는 태도를 보여주었다. ②의 경우가 그 전형적인 예이다. 동시 「봄의 노래」를 두고 "無氣力한 高踏派的 非現實의 藝術至上品" 또는 "妄想的 虛無"라고 했듯이, 한정동의 시는 반계급적 예술지상주의자의 작품으로 규정한 후, 내용도 없고 사실성도 없이 기교만 있는 작품으로 폄훼했다.[42]

③의 경우는 또 이와 대조된다. 우선 이 글을 통해 '방화산(芳華山)'이 이주홍의 또 다른 필명임을 확인하게 되는데,[43] 동시 「수박」을 통해 "부르조와에 대한 戰鬪心이 촉발되는 것"이라 하며 격찬을 하고 있다. 그러면 그의 격찬이 적절한지 실제 작품을 보자.

청수박이 덱데굴
건너쑥에 쑤루루
작알갓흔 우박총에
혼자마저 쑤루루

---

42) 한정동의 동시를 시종 비판하고 있는 예는 김병호의 「최근동요평」, 『중외일보』(1930. 9. 26~28)에서도 두드러진다. 한정동의 동시 「이상한 달나라」에 대해 "無感覺 無能力한 過去로 退步하는 細工이다"라고 했으며, 동시 「바다와 바위」에 대해서는 "超人間的 藝術至上主義者의 正體를 엿볼 수 잇다. 그 內在되여 잇는 語句와 形式도 묵은 것이다.'라고 하는 등 혹평을 했다.
한정동은 자신의 동시에 대한 혹평을 일삼는 김병호의 비평에 반박문을 쓰기도 했다. 한정동, 「「사월의 소년지 동요」를 읽고」, 『조선일보』(1930. 5. 6, 11).
43) 일제 강점기 이주홍이 방화산 등 여러 필명으로 쓴 시와 동시 작품을 새로 발굴하면서, 그의 작품세계를 고찰한 바 있다. 박경수(2003. 12).

여호볏혜 싼-작
뒷골샌님 이마갓네
밤낮으로 관만썬나
벗거직이 싼-작.

우리밧혜 수박엘랑
우박비야 오지마라
래일모래 장에팔어
좁쌀파러 온단다
뒷골샌님 마당엘랑
장쩨우박 쏘다저라
싼들싼들 이마쌕이
동-동- 써서가게.

— 「수박」 전문44)

위의 동시는 '우리밧'의 수박과 '뒷골샌님 마당'의 수박을 계급적 세계
관의 차이에 따라 대립적으로 묘사하고 있다. 여기서 시의 화자는 '뒷골
샌님'을 부르조와 계급의 전형으로 파악하여, 우박비가 '우리밧'에는 내
리지 말고 '뒷골샌님 마당'에만 쏟아지기를 바란다. 부르조와 계급에 대
한 적개심을 간접적으로 대상화시키고 있는 셈이다. 그러나 김병호가 언
급했듯이, "부르조와에 대한 戰鬪心이 촉발되는" 정도로 보는 것은 무리
이다. 왜냐하면 이 시가 계급적 세계관에 기초하고 있는 것은 사실이나,
직접적으로 투쟁심을 촉구하는 아지·프로의 관념적인 시가 아니기 때문
이다. 사실 이 시의 시적 성취는 계급적 세계관을 표현하고 있다는 점에
있는 것이 아니라, 시적 제재인 '수박'을 형상화하는 수사적 표현이 해학

---

44) 『신소년』 제8권 제7호(1930. 7).

적이고 풍자적인 효과를 잘 살리고 있다는 점에 있다. "덱데굴", "쑤루루", "쌘-작", "쌘들쌘들", "동-동-"과 같은 여러 의성어와 의태어를 사용하면서 수박의 모양과 움직임을 매우 인상 깊게 표현하고, 또한 그것을 '뒷골샌님'의 이마와 연결시켜 표현함으로써 해학적이고 풍자적인 효과를 높이고 있는 것이다. 이런 점에서 이주홍의 동시는 동요의 풍소적(諷笑的) 기능을 잘 살려서 표현한 작품이라고 말할 수 있다.

김병호의 동시비평 시각이 상당히 편향되어 있는 것이 사실이다. 위의 사례들에서 보았듯이, 그는 동시의 시적 성취 여부를 철저히 계급성 즉 계급적 세계관의 표현 여부에 따라 재단하면서, 특히 그것을 시인의 세계관과 연결시켜 보는 관점을 취하고 있다. 말하자면 그는 시인과 시의 관계를 결정론적인 관점에서 보면서 작품의 선호를 시인의 선호와 동일시했던 것이다. 물론 그는 계급성의 표현 여부와 함께 표현의 자연스러움을 작품의 중요한 평가 기준으로 삼기는 했으나, 전자의 기준에 비해 후자의 기준을 부차적인 관심사로 넘겨버리는 경우가 많았다. 따라서 그의 동시 비평은 당대의 동시를 이분법적 대립의 구도에 따라 획일적으로 파악하려 했다는 한계를 지니고 있다. 그렇지만 김병호의 동시비평 관련 글을 통해서 그의 비평이론의 토대와 관점을 좀더 분명히 파악하고, 나아가서 당대 프로동시비평의 실제를 구체적으로 성찰할 수 있게 된 것이다.

5. 결 론

이 글은 문학사나 아동문학사에서 잊혀져 있었던 김병호의 생애와 문학 이력을 가능한 자료를 동원하여 복원한 다음, 그가 남긴 동시를 중심으로 동시 세계의 특징과 그 변화를 파악하고, 그의 동시비평을 대상으로 그의 동시관과 동시비평의 관점을 검토했다. 지금까지 검토한 사항을 간략히 보이면 다음과 같다.

첫째, 이 글의 논의 대상인 김병호(金炳昊)는, 1949년에 시집『황야에 규환』을 낸 시인 김병호와는 동명이인으로, 1904년 11월 16일 경남 하동군 하동읍 목도리(당시 진주부에 속했음)에서 김상두(金相斗)의 둘째 아들로 태어났다. 본적은 김병호가 결혼하면서 분가했던 곳으로 경남 진주시 평안동 201번지로 되어 있다. 어린 시절 집안 형편이 매우 어려웠던 것으로 보이며, 이 때문에 젊은 시절 상당한 방황을 했던 것으로 나타난다. 1925년 3월 경상남도 공립 사범학교(약칭 경남공립사범학교) 특과를 졸업한 후 같은 해 조선공립보통학교 교사를 시작으로 경남의 여러 초등학교를 전전했다. 그후 1945년 10월부터 교장으로 승진했으나 혼란한 정국 속에 여러 학교를 옮겨다녀야 했고, 1954년 결국 백전국민학교에서 신병(발광)으로 해임됨으로써 교사 생활을 마감했다. 그러다 요양차 부산으로 거주지를 옮겨 지내다가 1959년 부산 범일동에서 위암으로 작고했다.

둘째, 김병호는 경남공립사범학교 시절부터 습작을 했던 것으로 보이는데, 특히 엄흥섭, 손풍산 등과 교유하며 문학의 길을 갔다. 그의 문단 등단작은『조선문단』1925년 4월호에 독자 투고하여 당선한 시「안진방이곳」이라 할 수 있다. 이후 그는 일본문단에 민족적 정체성을 뚜렷이 드러내는 일어시 작품을 여러 편 발표한 바 있으며, 1930년을 전후한 시기부터 아동잡지『별나라』와『신소년』에 동시 등 아동문학 관계 글을 집중 발표하여 동시 시인 내지 아동문학가로서의 면모를 보였다. 이때 '김탄(金彈)'이란 필명을 사용하기도 했다. 특히 1931년 3월에 '프롤레타리아동요집'으로 발간된『불별』에 동시 작품을 발표한 8명의 시인 중 1인으로, 당시의 대표적인 프로동시 시인으로 활동했다. 광복기에는 조선문학가동맹 진주지부장을 하는 등 프로문학 활동을 재개했으나, 작품 활동은 거의 없었던 것으로 보인다.

셋째, 김병호의 동시는 1930년 전기까지 당시 어촌과 시골의 생활 모습을 인상 깊게 바라보면서 맑은 동심을 노래한 작품들을 발표했다. 이 가운데 그의 동시는 때로 당대 사회의 현실을 진솔하게 드러내는 시선과 연결되거나, 민족 현실에 대한 자각과 함께 희망적인 기대를 표명하기도 했다.

넷째, 김병호의 동시는 1930년 중반 이후부터『신소년』과『별나라』잡지 등을 통해 집중적으로 발표되었다. 이들 작품들은 기본적으로 계급적 관점에 기초하여 아동이 겪는 현실을 계급적 대립의 구도에 따라 형상화하고 있었다.『불별』에 수록된 동시 작품들도 물론 이 범주에 속한다. 그런데 그의 동시는 민중현실을 비판하는 사회성을 고양하면서도 다른 한편으로 인간적 애정에 기초한 긍정적 세계인식의 전망을 제시하고 있는 특징을 보여주었다.

다섯째, 김병호는 1930년대 초에 한정된 기간이지만, 당시 동시비평을 위주로 하여 아동문학비평에 매우 적극적인 활동을 펼쳤다. 그는 동시를 아동의 동심을 노래한 것이란 일반적인 정의를 따르면서도, 이 동심을 철저하게 계급성의 관점에서 파악하고자 했다. 그는 동심의 천진성이나 순수성을 비판하면서, 계급적 세계관의 차이에 따른 계급성이 동심의 요

체를 이룬다고 주장했다. 이에 따라 동시를 부르조와동시와 프로동시로 구분하고, 동시가 계급성을 구현하는 것을 시적 성취를 가름하는 우선적인 기준으로 삼았다. 동시의 실제비평은 바로 이러한 기준에 입각하여 이루어졌는데, 시인과 시의 관계를 결정론적인 관점에서 보면서 작품의 선호를 시인의 선호와 동일시하는 오류를 보여주었다. 그리고 당대의 동시를 이분법적 대립의 구도에 따라 지나치게 획일적으로 파악하려 했다는 한계를 지니고 있었다.

이상의 논의 결과를 통해, 김병호는 특히 아동문학사에서 1920년대 중반 이후부터 서서히 동시를 쓰기 시작한 시인으로, 1930년 이후부터는 프로동시를 집중적으로 썼던 대표적인 시인 중의 한 사람으로 이름을 올릴 필요가 있다. 그러면서 그의 동시는 계급적 관점에 따라 사회성을 고양하면서도 궁극적으로 인간적 애정에 기초한 긍정적 세계인식의 전망을 보여주고자 했다는 특징을 지닌다. 그러나 아동문학비평, 특히 동시비평에서 짧은 기간 매우 활발한 활동을 했으나, 그 시기가 너무 한정되어 있고, 계급성의 결정론적 파악, 이분법적 비평의 한계 등으로 그 성과는 특별히 언급할 정도는 못되는 것으로 파악된다.

김병호의 시와 동시를 비롯한 그의 문학 전반에 관한 연구는 이제 이 글을 발판으로 본격적으로 진행될 수 있게 되었다고 생각한다. 특히 김병호의 동시와 관련한 아동문학가로서의 면모는 당대에 함께 활동했던 엄흥섭, 양우정, 손풍산, 이주홍, 이구월, 박세영, 신고송 등 여러 문학인들의 활동을 종합적으로 비교, 성찰함으로써 한층 분명히 드러날 것으로 본다. 앞으로 이에 관한 관심과 논의가 확대되기를 기대한다.

참고문헌

1. 참고자료(잡지, 신문)

『대중공론』, 『문예공론』, 『별나라』, 『비판』, 『전선(全線)』, 『신시단』, 『신소년』, 『여성지우』, 『여인』, 『음악과 시』, 『조선강단』, 『조선문단』, 『조선문예』, 『조선시단』, 『중외정보』, 『일본시인(日本詩人)』(일문), 『전기(戰旗)』(일문), 『조선일보』, 『중외일보』 등.

2. 참고논저

강희근, 『경남문학의 흐름』, 보고사, 2001. 11.

계훈모 편, 『한국언론연표 II(1945~1950)』, 관훈클럽신영연구기금, 1987.

권영민 편, 『한국근대문인대사전』, 아세아문화사, 1990. 7.

권영민, 『한국계급문학운동사』, 문예출판사, 1998. 9.

김병호 외, 『불별』, 중앙인서관, 1931. 3.

김병호, 「동요강화(童謠講話)」, 『신소년』 제8권 제10·11합호(1930. 11).

김병호, 「사월의 소년지 동요」, 『조선일보』(1930. 4. 23~26).

김병호, 「신춘당선가요만평」, 『조선일보』(1930. 1. 12~15).

김병호, 「조선신동요선집(朝鮮童謠選集)을 읽고」, 『신소년』 제10권 제7호 (1932. 7).

김병호, 「죽어진 詩集」, 『조선지광』 제92호(1931. 1).

김병호, 「최근동요평」, 『음악과 시』 창간호(1930. 8).

김병호, 「최근동요평」, 『중외일보』(1930. 9. 26~28).

김병호, 『황야에 규환』, 평화당인쇄소, 1949. 3.

김용호·이설주 편, 『현대시인선집(상)』, 문성당, 1954. 3.

류희정 편, 『현대조선문학선집 18 -1920년대 아동문학집(1)』, 평양: 문학예술
  종합출판사, 1993. 7. 30.

박경수, 「계급주의 동시 이해의 밑거름 -프롤레타리아동요집 『불별』에 대하
  여」, 『지역문학연구』 제8집, 경남부산지역문학회, 2003. 9.

박경수, 「일제 강점기 부산경남지역 시인의 일어시 발굴 및 재조명 연구」,
  『한국문학논총』제33집, 한국문학회, 2003. 4.

박경수, 「일제 강점기 이주홍의 동시 연구」, 『한국문학논총』 제35집, 한국문
  학회, 2003. 12.

박경수, 「일제 강점기 재일 한국인의 시문학 연구」, 『성곡논총』 제33집, 성
  곡학술문화재단, 2001.

박경수, 「잊혀진 시인, 김병호의 시 세계」, 『현대시학연구』 제9호, 현대시학
  회, 2003. 11.

박태일, 「경남지역 계급주의 시문학 연구」, 『어문학』 제80집, 한국어문학회,
  2003. 6.

서범석 편저, 『우정 양우정의 시문학』, 보고사, 1999. 1.

서범석, 『한국 농민시 연구』, 고려원, 1991. 4.

설창수, 「김병호에의 낡은 추모」, 『현대문학』 통권 97호, 1963. 1.

이경순, 「문학풍토기 一진주편」, 『현대문학』 제12권 3호, 1966. 3.

이주홍, 「아동문학운동일년간」, 『조선일보』(1931. 2. 13~21).

임화 편저, 『현대조선시인선집』, 학예사, 1939. 1. 25.

정상희, 「풍산 손중행의 길」, 『지역문학연구』제7호, 경남지역문학회, 2001. 10.

한정동, 「「사월의 소년지 동요」를 읽고」, 『조선일보』(1930. 5. 6, 11).

김병호(金炳昊) 연보

1904년(1세) 갑진년(甲辰年) 11월 16일 경남 하동군 하동읍 목도리(당시 진주부에 속했음)에서 출생. 이력서 등에는 출생년도를 1906년으로 표시함. 부친이 어장 일을 하다 실패한 후 진주로 이사함. 결혼하면서 분가한 곳이 경남 진주시 평안동 201번지로 본적지가 됨(1963년 9월 3일 부산시 동구 범일5동 656-9번지로 전적함). 부 김상두(金相斗)와 모 김장아(金長兒) 사이에 2남 3녀 중 차남〔장남은 병구(炳九)〕으로 태어남. 본관은 의성(義城). 호는 계림(鷄林).

1925년(22세) 3월 경상남도 공립 사범학교(현 진주교육대학교 전신) 특과를 1회로 졸업하고, 진주에서 조선공립보통학교(朝鮮公立普通學校) 교사를 하게 됨. 재학시절 엄흥섭(嚴興燮), 손풍산(孫楓山) 등과 교유하며 시를 습작함. 『조선문단(朝鮮文壇)』 1925년 4월호에 시 <안진방이꽃>이 독자 투고되어 당선됨. 12월부터 일본 동경에서 발행되고 있던 시 전문지 『일본시인(日本詩人)』에 일어시를 투고 발표함.

1926년(23세) 10월 18일 첫째 부인 신씨(辛氏: 1907~1932)와 결혼함. 슬하에 1남 2녀가 태어남.

1927년(24세) 3월 31일 진주공립보통학교(晋州公立普通學校)로 전근.

1928년(25세) 『조선일보』 신춘문예에 시 <오호대나옹(嗚呼大奈翁)>이 입선됨. 이후 『조선일보』, 『중외일보』에 시를 발표함. 3월에 진주에서 진학문(秦學文) 등과 함께 『신시단(新詩壇)』을 창간하고, 시 <살생(殺生)!>을 발표함. 9월 6일 장녀 성자(星子)〔호적에는 순이(順伊)로 기록됨〕가 태어남.

1929년(26세) 3월에 일어시 <나는 조선인이다>를 일본잡지『전기(戰旗)』에 발표함.『조선시단(朝鮮詩壇)』제5호(1929. 4)의 '청년시인 백인집'에 시 <어촌(漁村)의 황혼(黃昏)>을 발표하고,『문예공론(文藝公論)』창간호(1929. 5)에 시 <조선아!>가 양주동(梁柱東)의 추천으로 신진시단에 발표됨.『별나라』1929년 7월호에 동시 <가물음>, <이사(移舍)>를 발표함. 이 때부터 동시를 본격 쓰기 시작함. 동화 <부길이와 평길이>, <쉬는 날>을『조선일보』에 발표함.

1930년(27세) 3월 31일 김해 생림공립보통학교(生林公立普通學校)로 전출됨에 따라 가족과 헤어짐. 1930년 이후『별나라』,『신소년』등에 상당수의 동시와 과학 관계 글을 발표하는 한편『대중공론(大衆公論)』,『여성지우(女性之友)』,『음악과 시』등에 시와 수필을 발표함. 아동문학 관련 비평문을 신문, 잡지에 집중 발표함.·

1931년(28세) 2월 27일에 차녀 성희(星姬) 사망. 3월에 8인 공동으로 프롤레타리아동요집『불별』(중앙인서관)을 간행함. 이 동요시집에 5편의 동시를 발표함.『별나라』에 과학 관계 글을 매호마다 발표함.

1932년(29세) 4월경에 장남 홍기(弘基) 출생(14~5세경 익사), 첫째 부인은 산후 병고로 고생하다 6월경에 26세의 나이로 사망함.『비판(批判)』,『여인(女人)』등에 시를 발표함.

1933년(30세) 정옥봉〔鄭玉奉: 1910. 4. 15~1975. 3. 21(음력), 호적에는 정

오봉(鄭五峰)으로 오기됨〕과 재혼함. 슬하에 3남 3녀가 태어남. 3월 31일 창원 소재 대산공립보통학교(大山公立普通學校)로 전근. 『신소년』, 『별나라』등에 동시를 발표하며 김탄(金彈)이란 필명을 사용함. 『전선(全線)』, 『비판』에 시를 발표함.

1934년(31세)　3월 12일 장남 창기(昌基) 태어남(2000년 8월 작고함).

1935년(32세)　9월 15일 차녀 영자(榮子) 태어남. 『비판』에 시를 발표함.

1936년(33세)　4월 5일 3녀 양희(良姬) 태어남(호적에는 출생년도가 1938년으로 오기되어 있음). 4월 30일 악양공립보통학교(岳陽公立普通學校)로 전근.

1937년(34세)　11월 7일 차남 영기(永基) 태어남.

1939년(36세)　1월에 임화(林和) 편, 『현대조선시인선집』(학예사)에 시 <여수(旅愁)>를 발표함. 이후 광복 때까지 시 창작 활동을 중단함.

1940년(37세)　3월 31일 묵계간이학교(黙溪簡易學校)로 전근.

1944년(41세)　10월 7일 3남 태기(泰基) 태어남. 11월 15일 훈장 팔등수서보장(八等授瑞寶章)을 받음.

1945년(42세)　9월에 결성된 조선프롤레타리아문학동맹에 동맹원으로 가담. 10월 31일 진주시 정촌 소재 예하공립국민학교(禮下公立國民學校) 교장 겸 교사로 근무. 시 창작 활동을 재개함.

1946년(43세)　2월에 결성된 조선문학가동맹 진주지부장을 역임. 4월 30일 합천군 용주면 소재 용주공립국민학교(龍州公立國民學校)로 전근. 시 <말>을 『중외정보(中外情報)』 창간호(1946. 6)에 발표함.

1947년(44세) 2월 21일 사천시 곤명면 정곡리 소재 완사공립국민학교장 (浣紗公立國民學校長)로 전근. 동교의 교가를 지음. 3월 15일 4녀 인자(仁慈) 태어남. 12월 31일 사천시 사동면 소재 사동 공립국민학교장(泗東公立國民學校長)로 전근. 당시부터 서울 등지로 방랑생활을 하다 좌천을 거듭 당함.

1948년(45세) 8월 15일 거제시 하청면 소재 칠천공립국민학교장(七川公立 國民學校長)으로 전근. 동교의 교가를 지음.

1950년(47세) 11월 20일 진양군 수곡면 소재 수곡국민학교장(水谷國民學 校長)으로 전근.

1952년(49세) 3월 31일 함양군 수동면 소재 상내국민학교장(上內國民學校 長, 현 수동초등학교에 병합됨)으로 전근.

1954년(51세) 4월 29일 함양군 백전면 소재 백전국민학교장(柏田國民學校 長)으로 전근, 근무 중 신병(身病)으로 해임됨.

1955년(52세) 차남 영기가 있던 부산 범일동으로 거주지를 옮김. 부산에 서 발행된 민주신보 교열기자로 2년 정도 근무하다 다시 발 병하여 방랑생활을 함.

1959년(56세) 방랑생활을 하다 귀가했으나, 3월 15일(음력) 위암으로 사망 함. 화장을 했으며, 부산 전포동 소재 황령산 시립공동묘지 에 유해가 안치됨.

김병호 작품년보

1. 시(동시, 일어시 포함)

번호	제 목	게재지	발행년월일	비고
01	안진방이꽃	朝鮮文壇 7호	1925. 4. 1	當選詩
02		飛鳳之緣	1925. 4	日語詩(원문 미확인)
03	今日は朝鮮のお盆です(오늘은 조선의 추석날이다)	日本詩人	1925. 12	日語詩
04	色々思ひながら野山を歩く(여러 가지를 생각하며 산과 들을 걷는다)	日本詩人	1926. 4	日語詩
05	蘆(갈대)	日本詩人	1926. 9	日語詩
06	嗚呼大奈翁*	朝鮮日報	1928. 1. 1	*신춘문예 입선. 작품 미수록.
07	××	朝鮮日報	1928. 3. 15	一行詩
08	雪夜	〃	〃	〃
09	孤寂	〃	〃	〃
10	××詩人	〃	〃	〃
11	女	〃	〃	〃
12	呂	〃	〃	〃
13	春雨	〃	〃	〃
14	밤의詩人	〃	〃	〃
15	自我	〃	〃	〃
16	永別	朝鮮日報	1928. 4. 3	一行詩
17	靜夜	〃	〃	〃
18	가위	〃	〃	〃
19	겨울	〃	〃	〃
20	草木	〃	〃	〃
21	靑春!	〃	〃	〃

번호	제 목	게재지	발행년월일	비고
22	卒業式	〃	〃	〃
23	性急쟁이	〃	〃	〃
24	都會	〃	〃	〃
25	滿月臺	〃	〃	一行詩
26	봄비	朝鮮日報	1928. 4. 19	童詩
27	落花	朝鮮日報	1928. 5. 1	一行詩
28	暮春	朝鮮日報	1928. 5. 1	〃
29	新綠	〃	〃	〃
30	閑日	〃	〃	一行詩
31	밤에	〃	〃	〃
32	淸凉	〃	〃	〃
33	蒼空	〃	〃	〃
34	人生	〃	〃	〃
35	봄노래	朝鮮日報	1928. 5. 1	
36	海邊에서	中外日報	1928. 5. 2	
37	新綠情景	朝鮮日報	1928. 5. 8	
38	花盆	中外日報	1928. 5. 8	
39	結婚式前	〃	〃	
40	어린이	〃	〃	
41	殺生!	新詩壇 1호	1928. 8. 1	晉州에서 발행
42	밤과 거리	朝鮮日報	1928. 10. 16	김병호
43	별과 생명	〃	〃	〃
44	삶과 죽엄	〃	〃	〃
45	斷想	朝鮮日報	1928. 11. 27	
46	절로 가시더니다	朝鮮日報	1928. 11. 30	
47	그때를	中外日報	1929. 2. 10	
48	おりゃあ朝鮮人だ (나는 조선인이다)	戰旗	1929. 3	日本プロレタリア詩集 (戰旗社, 1929. 7) 재수록

번호	제 목	게재지	발행년월일	비고
49	漁村의 黃昏	朝鮮詩壇 5호	1929. 4. 3	靑年詩人百人集
50	조선아!	文藝公論 1호	1929. 5. 3	新進詩壇 (梁柱東 추천)
51	가물음	별나라 4:6(통권33)	1929. 7	童謠
52	移舍	별나라 4:6(통권33)	1929. 7	童謠
53	退學	朝鮮日報	1929. 11. 10	童謠
54	暴風과 火災	朝鮮詩壇 6호	1930. 1. 20	
55	새 生命*	女性之友	1930. 2	
56	나무장사	新少年 8:2	1930. 2. 1	少年詩
57	京城行進曲	朝鮮日報	1930. 2. 13	
58	天禍	大衆公論 4호(2:2)	1930. 3	
59	遺腹兒에게*	大衆公論 5호(2:3)	1930. 4	
60	初春雜詠 1. 봄비	女性之友 2:2	1930. 4	
61	〃 2. 비들귀	〃	〃	
62	고향을 써나면서	朝鮮日報	1930. 4. 11	
63	봄이 오면*	新少年 8:4	1930. 4. 1	童謠
64	강ㅅ가	新少年 8:5	1930. 5. 1	童詩數題
65	해가질어	〃	〃	〃
66	넘어틀엿네	〃	〃	〃
67	풀냄새	〃	〃	〃
68	꼿과 旅客	大衆公論 7호(2:5)	1930. 6	
69	바다의 아버지	별나라 45호	1930. 7. 1	童謠
70	비온뒤	新少年 8:7	1930. 7. 1	童謠
71	모숨기	新少年 8:8	1930. 8. 1	童謠
72	그러케 내가 뭐라 하든가	音樂과 詩 1호	1930. 8. 15	
73	꼴 비다	별나라 47호	1930. 9	童謠
74	가을바람	푸로레타리아童謠 集『불별』	1931. 3. 10	中央印書館

번호	제 목	게재지	발행년월일	비고
	퇴학	〃	〃	〃(53번과 중복)
	모심기	〃	〃	〃(71번과 중복)
	바다의 아버지	〃	〃	〃(69번과 중복)
75	더운 날	〃	〃	〃
76	病床에서	批判 11호(2:3)	1932. 3. 1	
77	어린 靈에	批判 13호(2:5)	1932. 5. 1	
78	나는 農夫의 아들**	批判 13호(2:5)	1932. 5. 1	
79	굶은 날	批判 14호(2:6)	1932. 6. 1	
80	新女人草*	女人	1932. 7	
81	비 오는 날	新少年 10:10	1932. 11. 1	童詩
82	안해의 靈前에	全線 1호	1933. 1. 1	
83	일하는 農民	批判 21·22합호	1933. 3. 1	金彈
84	아이 분해**	批判 21·22합호	1933. 3. 1	金彈
85	아버지**	批判 21·22합호	1933. 3. 1	
86	絶緣**	新少年 11:3	1933. 3. 1	金彈, 童謠
87	못살네**	新少年 11:5	1933. 5. 1	金彈, 童謠
88	봄	별나라 67호	1933. 5. 5	金彈, 童謠
89	때가 왓다**	批判 23호	1933. 6. 1	
90	母性愛頌	批判 24호	1935. 10. 15	
91	月下의 一群	批判 25호	1935. 11. 15	
92	岳陽의 山川(一)	批判 30호	1936. 7. 20	
93	岳陽의 山川(二)	批判 31호	1936. 9. 20	
94	旅愁	現代朝鮮詩人選集 (林和 編)	1939. 1. 25	學藝社
	〃	現代詩人選集(上)	1954. 3. 1	文星堂
95	말	中外情報 창간호	1946. 6. 19	서울: 中外情報社

2. 동화

번호	제 목	게재지	발행년월일	비고
01	부길이와 평길이	朝鮮日報	1929. 11. 8~10	童話
02	쉬는 날	朝鮮日報	1930. 3. 6~7	少年小說

3. 문학론(비평)

번호	제 목	게재지	발행년월일	비고
01	一九三〇年度 文壇에 對한 希望과 建議: 希望과 建議	朝鮮講壇 2:1	1930. 1. 1	
02	新春當選歌謠漫評	朝鮮日報	1930. 1. 12,14~15	
03	無名新人紙上大氣熖會	無名彈 1호	1930. 1. 20	
04	내가 쓰고 싶은 文章	〃	〃	
05	四月의 少年誌 童謠	朝鮮日報	1930. 4. 23,25~26	
06	最近童謠評	音樂과 詩 1호	1930. 8. 15	
07	죽어진 詩集	朝鮮之光 제92호	1930. 8. 18	
08	最近童謠評	中外日報	1930. 9. 26~28	
09	童謠講和	新少年 8:10-11	1930. 11. 1	
10	朝鮮新童謠選集을 읽고	新少年 10:7	1932. 7. 1	

4. 수필 기타

번호	제 목	게재지	발행년월일	비고
01	朝鮮民謠意譯	日本詩人 6:8	1926. 8	번역
02	暮春雜筆	朝鮮日報	1928. 4. 20	
03	藝術家의 片語	中外日報	1928. 5. 3, 5	격언 모음
04	蠹石樓에 올라서	朝鮮文藝 1호	1929. 5. 10	
05	蠹石樓의 녀름	별나라 통권 33호	1929. 7	
06	새 社會人의 戀愛觀*	女性之友2:1	1930. 2	
07	驚! 急死	女性之友 2:2	1930. 4	
08	야학생의 卒業生 答辭文	별나라 65호	1933. 2. 9	金彈, 보고문

5. 과학문

번호	제 목	게재지	발행년월일	비고
01	動植物의 一致	新少年 8:5	1930. 5. 1	理科讀物
02	動植物의 一致 (二)	新少年 8:6	1930. 6. 1	〃
03	벌 사회의 組織	별나라 41호	1930. 6. 1	과학 강좌
04	사람몸은	新少年 8:7	1930. 7. 1	人體生理
05	사람몸은 (二)	新少年 8:8	1930. 8. 1	人體生理
06	벌 사회의 最後	별나라 45호	1930. 10. 1	과학강좌
07	爆發과 銃	별나라 46호	1930. 11. 1	〃
08	銃은 어더케 만드나	별나라 48호	1931. 3. 1	〃
09	모-타는 엇재서 도나	별나라 49호	1931. 4. 1	〃
10	암닭과 병아리	별나라 50호	1931. 5. 1	〃
11	제비 이야기	별나라 51호	1931. 6. 1	과학강좌
12	腸寄生蟲의 驅除	별나라 52호	1931. 8. 1	〃
13	비-다민의 正體	별나라 53호	1931. 9. 1	〃
14	動物이냐 植物이냐	별나라 54호	1931. 11. 1	〃
15	人造人間의 이약이	新少年 9:11	1931. 11. 1	어린이 科學
16	에디손翁과 科學	별나라 55호	1931. 12. 1	과학강좌
17	사람 죽이는 과학	별나라 58호	1932. 4. 1	〃
18	전쟁과 독까쓰	별나라 65호	1933. 2. 9	〃
19	까쓰가 흙이 될 때까지	별나라 70호	1933. 8. 12	〃

※ 작품 제목 뒤에 *한 것은 원본을 보지 못한 글이며, **한 것은 언론 검열에 의해 글이 게 재되지 못한 것을 표시한 것임.

잊혀진 시인,

김병호(金炳昊)의 시와 시세계

인쇄일 초판 1쇄 2004년 02월 12일
　　　　 2쇄 2015년 05월 01일
발행일 초판 1쇄 2004년 02월 25일
　　　　 2쇄 2015년 05월 03일

편저자 박 경 수
발행인 정 진 이
발행처 **새미**
등록일 1994.03.10, 제17-271호

서울시 강동구 성내동 447-11 현영빌딩 2층
Tel : 442-4623~4 Fax : 442-4625
www.kookhak.co.kr
E-mail : kookhak2001@hanmail.net
ISBN 978-89-5628-107-0 *93810
가격 15,000원

★ **새미**는 **국학자료원**의 자매회사입니다.
★저자와의 협의 하에 인지는 생략합니다.